大偵探
福爾摩斯
四字成語 101 ②

U0053574

不可思議
別來
化險為夫
全神貫注
人同小異
隱若
隱若
不安
水
明
窮
和盤托出
斬釘截鐵
人之常情
瘦
念念有詞
出奇制勝
相待
紋絲
無聊賴

SHERLOCK HOLMES

目錄

一畫

一毛不拔 …………………… 6
一本正經 …………………… 7
一帆風順 …………………… 8
一板一眼 …………………… 9
一派胡言 …………………… 10
一乾二淨 …………………… 11
一視同仁 …………………… 12

二畫

七零八落 …………………… 13
了然於胸 …………………… 14
人之常情 …………………… 15
人仰馬翻 …………………… 16
人急智生 …………………… 17
人面獸心 …………………… 18
力不從心 …………………… 19

三畫

三言兩語 …………………… 20
三緘其口 …………………… 21
千叮萬囑 …………………… 22
千篇一律 …………………… 23
千頭萬緒 …………………… 24
大同小異 …………………… 25
大快朵頤 …………………… 26
大言不慚 …………………… 27
大難不死 …………………… 28
大驚失色 …………………… 29
小心翼翼 …………………… 30
山窮水盡 …………………… 31

四畫

不以為然 …………………… 32
不出所料 …………………… 33
不可思議 …………………… 34
不謀而合 …………………… 35
不翼而飛 …………………… 36
不懷好意 …………………… 37
五體投地 …………………… 38
化險為夷 …………………… 39
天真無邪 …………………… 40
心生一計 …………………… 41
心有餘悸 …………………… 42
手舞足蹈 …………………… 43

目錄

五畫

以退為進……………………44
以假亂真……………………45
出奇制勝……………………46
半途而廢……………………47
四腳朝天……………………48

左右開弓……………………49
甘心情願……………………50

六畫

交頭接耳……………………51

光天化日……………………52
全神貫注……………………53
如虎添翼……………………54
死不足惜……………………55
百密一疏……………………56
百無聊賴……………………57
自吹自擂……………………58
行色匆匆……………………59

七畫

別來無恙……………………60
劫數難逃……………………61

坐不安席……………………62
見義勇為……………………63
車水馬龍……………………64

八畫

受寵若驚……………………65
和盤托出……………………66
居高臨下……………………67
念念有詞……………………68
明察秋毫……………………69
易如反掌……………………70

九畫

前功盡廢……………………71
前塵往事……………………72
急不及待……………………73
若隱若現……………………74
赴湯蹈火……………………75
面如土色……………………76
風平浪靜……………………77

目錄

十畫

乘風破浪⋯⋯⋯⋯⋯⋯78
乘勝追擊⋯⋯⋯⋯⋯⋯79
家財萬貫⋯⋯⋯⋯⋯⋯80
狼吞虎嚥⋯⋯⋯⋯⋯⋯81
班門弄斧⋯⋯⋯⋯⋯⋯82
笑容可掬⋯⋯⋯⋯⋯⋯83
笑逐顏開⋯⋯⋯⋯⋯⋯84
紋絲不動⋯⋯⋯⋯⋯⋯85
財迷心竅⋯⋯⋯⋯⋯⋯86
高談闊論⋯⋯⋯⋯⋯⋯87

十一畫

斬釘截鐵⋯⋯⋯⋯⋯⋯88
脫胎換骨⋯⋯⋯⋯⋯⋯89

十二畫

惴惴不安⋯⋯⋯⋯⋯⋯90
無精打采⋯⋯⋯⋯⋯⋯91
無關痛癢⋯⋯⋯⋯⋯⋯92

十三畫

遍體鱗傷⋯⋯⋯⋯⋯⋯93

十四畫

慷慨解囊⋯⋯⋯⋯⋯⋯94
輕描淡寫⋯⋯⋯⋯⋯⋯95
輕舉妄動⋯⋯⋯⋯⋯⋯96
瘦骨嶙峋⋯⋯⋯⋯⋯⋯97

十六畫

奮筆疾書⋯⋯⋯⋯⋯⋯98
踽踽獨行⋯⋯⋯⋯⋯⋯99

十七畫

輾轉反側⋯⋯⋯⋯⋯100
鍥而不捨⋯⋯⋯⋯⋯101

十八畫

雞毛蒜皮⋯⋯⋯⋯⋯102

十九畫

繩之以法⋯⋯⋯⋯⋯103

二十畫

爐火純青⋯⋯⋯⋯⋯104

二十一畫

鐵石心腸⋯⋯⋯⋯⋯105

二十三畫

體無完膚⋯⋯⋯⋯⋯106

遊戲答案⋯⋯⋯⋯⋯107
成語索引⋯⋯⋯⋯⋯124

人物介紹

福爾摩斯
倫敦最著名的私家偵探，精於觀察分析，各方面的知識也十分豐富。

華生
曾是軍醫，為人善良又樂於助人，經常幫大家看病。

小兔子
少年偵探隊的隊長，最愛多管閒事。

愛麗絲
房東太太親戚的女兒，牙尖嘴利又聰明過人。

李大猩&狐格森
蘇格蘭場的孖寶警探，愛出風頭但魯莽笨拙。

【一毛不拔】

「有錢又怎樣？他對人對己都**一毛不拔**，又不會花錢做善事，為了守護財產更無時無刻都提心吊膽。」弗雷德說，「我估計，他想到死後沒法把錢帶走，一定會感到很沮喪，活得一點也不快樂啊。」

（《大偵探福爾摩斯 Side Story 聖誕奇譚》p.88）

連一根毛都捨不得拔，比喻人吝嗇自私。

以下是一個以四字成語來玩的接龍遊戲，大家根據指示在空格填上正確答案吧！

一毛不

拔 萃 □ 羣 ❶ →
❷
□
□

❹ 指 □ □ 首
□ ❸ ←
□

馬 □ □ 膽
❺ →

① 形容人的才能超越眾人。
② 比喻一個羣體中沒有首領。
③ 指居第一位。
④ 比喻故意顛倒黑白。
⑤ 比喻追隨某人。

6

【一本正經】

未待李大猩回應，狐格森又匆匆把福爾摩斯對眼鏡的分析復述一遍。

李大猩聽完，低頭沉思片刻，然後**一本正經**地盯着福爾摩斯說：「你的分析正好印證了我的懷疑。」（《大偵探福爾摩斯⑮ 近視眼殺人兇手》p.51）

形容態度規矩、舉止莊重。

以下的字由四個四字成語分拆而成，每個成語都包含了「一本正經」的其中一個字，你懂得把它們還原嗎？

答案：

一 逐 行 阿
不 本 累 目
人 申 正 月
捨 剛 末 經

_____

_____

_____

_____

【一帆風順】

　　我年輕時是個消防員，為了掙更多錢，就隻身去到巴西採礦，很幸運地給我發現了一個金礦，自此我的事業就**一帆風順**，開採了一個礦山又一個礦山。在我的事業如日中天之時，我與妻子瑪莉亞邂逅了。她是當地一個地方官的女兒，長得非常漂亮，而且個性熱情又主動，跟一般美國女人完全不同，我一遇到她就給迷住了。

（《大偵探福爾摩斯⑪魂斷雷神橋》p.56）

形容船隻順風而行，沒有險阻，現泛指旅途順利，或事情進展良好。

很多成語都與「風」字有關，以下五個全部被分成兩組並調亂了位置，你能畫上線把它們連接起來嗎？

兩袖	風聲	風花	風餐	捕風
●	●	●	●	●
●	●	●	●	●
露宿	清風	捉影	雪月	鶴唳

【一板一眼】

柯倫教授聽到福爾摩斯的名字時，兩頰微微地抽搐了一下，但馬上又回復正常，並以**一板一眼**的英語道：「啊，就是那位鼎鼎大名的私家偵探福爾摩斯嗎？」

(《大偵探福爾摩斯⑮近視眼殺人兇手》p.95)

形容人做事有條理，也有不知變通的意思。

很多成語的第一和第三個字都是重複的，你懂得用「驢/馬、勤/儉、仁/義、火/荼」填充以下句子嗎？

① 籃球比賽進行得 如☐如☐，兩隊接連得分，互不相讓。

② 他多年來 克☐克☐，終於儲到足夠錢，完成環遊世界的夢想。

③ 他想做出混合中西風格的作品，卻因能力不足，結果作品 非☐非☐、不倫不類。

④ 他對你好只是 假☐假☐，要提防他另有所圖啊。

【一派胡言】

「艾克，你説占美站在A的位置上把煤油桶舉到頭上淋下，根本就是**一派胡言**！煤油燃燒後留下的痕跡，就是證明！」福爾摩斯冷冷地道。

（《大偵探福爾摩斯⑭ 縱火犯與女巫》p.47）

説話內容不合理，與事實不乎。

很多成語都與「言」字有關，你懂得以下幾個嗎？

言聽□□　完全依從對方的説話，十分信任對方。

流言□□　不實的謠言和傳聞。

□□執言　以正直公道的説話主持正義。

□□良言　非常珍貴的教誨。

10

【一乾二淨】

在其中一把木凳上，一個初中生大小的少年正呆呆地看着手上的書本。

老人看着這個光景，不禁自言自語地問：「啊，當年實在太可憐了，我怎會忘得**一乾二淨**？」（《大偵探福爾摩斯 Side Story 聖誕奇譚》p.47）

形容很徹底，一點也不剩。

以下成語全部都缺了一個字，請從「清、堪、乳、致」中選出適合的字補上吧。

不□一擊　　形容力量薄弱，經不起對方一擊。

□臭未乾　　指奶腥氣還沒有退盡，用以輕蔑後輩。

別無二□　　指區分不出兩者的差別。

耳根□淨　　指身邊安靜，不被打擾。

11

【一視同仁】

華生看小克説得頭頭是道，於是幸災樂禍地向福爾摩斯説：「他講得有點道理呢。你不是一向童叟無欺、**一視同仁**的嗎？」

（《大偵探福爾摩斯㉓ 幽靈的哭泣》p.23）

對別人不分親疏，平等對待。

以下的字由四個四字成語分拆而成，每個成語都包含了「一視同仁」的其中一個字，你懂得把它們還原嗎？

答案：

一　如　金　曲

千　視　異　之

於　貌　同　諾

工　人　草　仁

_____

_____

_____

_____

【七零八落】

「怎麼了？」華生問。

大偵探沒有回答，他掏出望遠鏡，轉眼間就把它拆得七零八落，並撿起了當中一塊細小的鏡片。

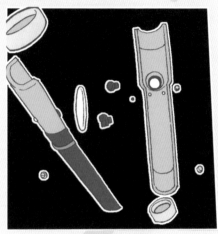

（《大偵探福爾摩斯㉚無聲的呼喚》p.110）

形容物件散亂，或人數稀少。

很多成語都以「七～八～」組成，以下五個全部被分成兩組並調亂了位置，你能畫上線把它們連接起來嗎？

七慌	七長	七上	七手	七嘴
●	●	●	●	●
●	●	●	●	●
八短	八舌	八腳	八亂	八落

二畫

13

【了然於胸】

除了一切已**了然於胸**的福爾摩斯外，李大猩等人皆大吃一驚。因為，他們看到走出來的那個女人，其外貌竟如大偵探所推測的一模一樣！

（《大偵探福爾摩斯⑮ 近視眼殺人兇手》p.116）

心裏清楚明白。

二畫

很多成語都與身體部位有關，以下四個成語都缺了字，試把「面・臂・足・心・頭・手」填在正確位置。

胼□胝□	長期辛勤勞動，手掌和腳掌都長出厚繭。
蓬□垢□	形容人頭髮散亂、面容骯髒。
三□六□	形容人本領很多，神通廣大。
洗□革□	比喻知道自己的錯誤，徹底悔改。

【人之常情】

福爾摩斯叫小兔子送走了夫人後，他笑問華生：「你最了解美女的心態，你認為這位大臣夫人搞的是什麼花樣？她來訪的動機又是什麼？」

「不要乘機挖苦我了。我認為她來訪沒有什麼動機，只是想為丈夫分憂罷了，這是**人之常情**。」（《大偵探福爾摩斯⑨ 密函失竊案》p.51）

> 人們在一般情況會表現的感情。

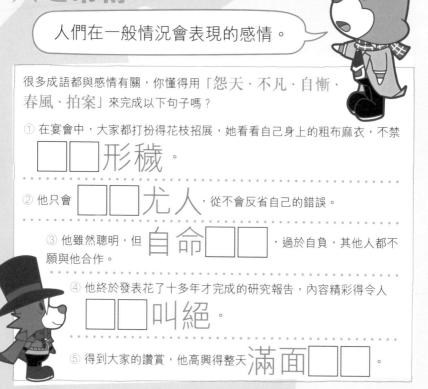

很多成語都與感情有關，你懂得用「怨天、不凡、自慚、春風、拍案」來完成以下句子嗎？

① 在宴會中，大家都打扮得花枝招展，她看看自己身上的粗布麻衣，不禁 □□形穢。

② 他只會 □□尤人，從不會反省自己的錯誤。

③ 他雖然聰明，但自命□□，過於自負，其他人都不願與他合作。

④ 他終於發表了花了十多年才完成的研究報告，內容精彩得令人 □□叫絕。

⑤ 得到大家的讚賞，他高興得整天滿面□□。

【人仰馬翻】

「嘭」的一聲響起，傑弗利已被打得**人仰馬翻**，立即昏倒在地上了。

原來，桑代克以手上的書本作為武器，在一瞬間就制服了敵人。（《大偵探福爾摩斯M博士外傳④ 仇人見面》p.89）

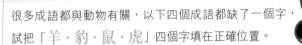

兩軍交戰，人和馬受傷倒地，意為傷亡慘重，也可形容情況非常混亂。

很多成語都與動物有關，以下四個成語都缺了一個字，試把「羊、豹、鼠、虎」四個字填在正確位置。

與□謀皮	比喻向對方要求損害其利益的事，最終不會成功。
投□忌器	比喻做事有顧忌，不敢行動。
管中窺□	只是片面了解，未能看到事物的全貌。
順手牽□	順手拿走別人的東西。

【人急智生】

初時，馬奇確是企圖利用布碎搭建「冰梯」攀越圍牆，但那「冰梯」沒法支撐他的體重，他一踏上去就馬上墮下來了。不過他**人急智生**，又想到另一個方法。

（《大偵探福爾摩斯⑱ 逃獄大追捕》p.120）

> 在危急時突然想到好計策。

以下的字由四個四字成語分拆而成，每個成語都包含了「人急智生」的其中一個字，你懂得把它們還原嗎？

答案：

人 全 燃 不
無 眼 雙 旁
若 火 **智** 眉
草 勇 之 生

_____

_____

_____

_____

【人面獸心】

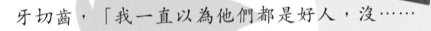

「豈……豈有此理！那三個可惡的壞蛋！」唐泰斯恨得咬牙切齒，「我一直以為他們都是好人，沒……沒想到……他們竟然是**人面獸心**的卑鄙小人！我一定要出去找他們報仇！把他們三個碎屍萬段！」（《大偵探福爾摩斯M博士外傳① 黑獄風雲》p.100）

形容為人兇殘卑鄙。

不少成語用來形容人或事物表裏不一，你懂得以下幾個嗎？

笑裏□□	形容對人外表和氣，卻陰險毒辣。
口□腹□	嘴上説得很甜，腹中卻懷着害人的壞主意。
□而□實	比喻外表好看，內容空虛。
兩□三□	當面一套，背面一套，形容人居心不良。

【力不從心】

「你為甚麼會懷疑呢？」

「他以前寫字寫得很整齊，但最近寫得歪歪斜斜的……他的爸媽以為他寫字不專心，但我常常陪他做功課，知道他很努力，只是好像力不從心。」

（《大偵探福爾摩斯㉙ 美麗的兇器》p.50）

因力量不足，無法做到心裏想做的事。

以下四個成語全部缺了一個字，請從「暇、脾、眾、善」中選出適合的字補上吧。

力排□議　　努力排除他人的議論，堅持自己的意見。

目不□給　　美好的事物太多，來不及欣賞。

擇□而從　　選擇正確美好的事物去跟從。

沁人心□　　給人的感受之深，直達內心深處。

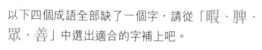

19

【三言兩語】

「哈哈哈！你真行，

三言兩語 就套取了

情報，好厲害啊。說起

來，你怎會想到與他打賭

的？」華生笑着問。

（《大偵探福爾摩斯③ 肥鵝與藍寶石》p.81）

三畫

用三兩句說話便說完了，形容話很少。

以下句子中的成語都包含數字，請用「四分、說三、兩全、六神」來填充句子吧。

① 他經過深思熟慮，終於想出一個 □□其美 的解決方法。

② 小明不理會旁人的 □□道四，依然我行我素。

③ 派系之爭令這間公司 □□五裂，最終倒閉。

④ 面對這件突發事件，她感到 □□無主，彷徨無助。

【三緘其口】

福爾摩斯和華生還拿到了一張退役軍人的名單，他們都曾是荷夫曼的部下。兩人按名單逐一探訪，但那些退役軍人對辛格（森美）的事都**三緘其口**。

《大偵探福爾摩斯㉖ 米字旗殺人事件》p.99）

> 形容說話謹慎，甚至不敢開口。

很多成語都用「三」字開頭，以下五個全部被分成兩組並調亂了位置，你能畫上線把它們連接起來嗎？

三番	三生	三思	三寸	三五
之舌	而行	成羣	四次	有幸

【千叮萬囑】

「就在面試的那個房間，羅斯先生還**千叮萬囑**，叫我不可以在工作時間內離開那房間，否則就會被解僱和開除會籍，也不會獲發薪水。」威爾森說。 (《大偵探福爾摩斯⑧ 驚天大劫案》p.58)

三畫

> 對事件極為重視，
> 要再三叮嚀囑咐。

以下成語的第一和第三個字都有「千～萬～」，你懂得用「變/化、呼/喚、絲/縷、山/水」來完成以下句子嗎？

① 在台下觀眾的 千☐萬☐ 下，那位人氣歌手才緩緩踏上舞台。

② 他走過 千☐萬☐ ，跨越重重障礙，終於到達目的地。

③ 我們要與時並進，不斷吸收新知識，才能適應這個 千☐萬☐ 的時代。

④ 他們看似並不熟絡，但其實有着 千☐萬☐ 的關係。

【千篇一律】

「不是嗎？剛才巡視了一個又一個牢房，聽了一個又一個囚犯的投訴，他們說來說去都千篇一律，不是申訴自己是無辜的，就是投訴伙食太差。」監查官歎了口氣說，「其實隨便抽選一個做代表，聽他一個說不就完事了？」（《大偵探福爾摩斯M博士外傳① 黑獄風雲》p.4）

指文章和題材在形式或內容都是一樣，沒有變化。

很多成語都與數目有關，以下四個成語都缺了一個字，試把數目「一、百、千、萬」四個字填在正確位置。

雄心□丈　志向遠大。

□家爭鳴　不同學術流派的自由爭論，後指各種言論思想的蓬勃展現。

首屈□指　表示第一或者最優秀。

□里迢迢　形容路途遙遠。

【千頭萬緒】

「怎會這樣的？」
老人情不自禁地攢緊拳頭
說，「這不就是我成長的
地方嗎？我小時候就是在這兒長大的啊！」

這時，風中送來各色各樣的氣味，令他想
起了往日的悲喜哀樂，不禁令他一時間**千頭
萬緒**，百感交雜。 （《大偵探福爾摩斯 Side Story 聖誕奇譚》p.43）

三畫

形容事物紛繁複雜，頭緒
很多。

以下的成語包含「千」和「萬」兩個字，
你可以在空格填上合適的字嗎？

千□萬□　形容經歷了極多
的艱辛勞苦。

千□萬□　形容非常多的話，或有很多話想
說。

千□萬□　反復叮囑。表示對事情非常重
視，放心不下。

千□萬□　形容事情非常確實，不容置疑。

【大同小異】

「當然有關。」福爾摩斯把傘子向自己這邊拉過一點，「其實，這跟查案也**大同小異**，在一堆殘缺不全的東西之中，找出它們之間的連繫，並且補回殘缺的部分，就能發現真相，找出破案的線索了。」《大偵探福爾摩斯⑮ 近視眼殺人兇手》p.16）

三畫

形容事件略有差異，但大致相同。

以下的字由四個四字成語分拆而成，每個成語都包含了「大同小異」的其中一個字，你懂得把它們還原嗎？

大　新　刀　　答案：
拘　同　節
　　響　閣　小
不　　日　異

_____

_____

_____

_____

【大快朵頤】

「想起來，他從沒來我們家吃過一頓飯呢。」甥媳說。

「我邀請他來吃飯，他還說這說那，不肯來呢。」

「這是他的損失呀！我們剛才**大快朵頤**，吃得好滿足啊。」一位女士笑道，「不過口福有了，尚欠一點耳福呢。」

（《大偵探福爾摩斯 Side Story 聖誕奇譚》p.89）

「朵頤」指動着雙頰和下巴，「大快朵頤」比喻痛快地大吃一頓。

下面五個成語都與飲食有關，但全部都被分成兩組並調亂了位置，請畫上線把它們連接起來。

勿圇	飲露	低唱	不食	杯盤
•	•	•	•	•
•	•	•	•	•
狼藉	淺酌	吞棗	餐風	周粟

【大言不慚】

「哈哈哈！桑代克先生，你太謙虛了。」老船長大笑，「俺這頑皮的孫子，知道你是蘇格蘭場的警探後，就說非要見見你不可了。他自小的志願就是當警察，還**大言不慚**地說甚麼懲惡懲奸，要為民除害呢！」

（《大偵探福爾摩斯M博士外傳③ 第一滴血》p.88）

自我吹噓、誇大其辭而沒有感到羞恥。

很多成語都與「言」字有關，你懂得用「令色、在耳、意賅、以人、鑿鑿」來填充句子嗎？

① 他的文章 **言簡**☐☐ ，以簡單言辭就能說明事情始末，深得老師讚賞。

② 他雖然已經畢業多年，但老師的話仍 **言猶**☐☐ ，印象深刻。

③ 他說起那件事時 **言之**☐☐ ，當大家知道那只是虛構的，都嚇了一跳。

④ 他重用的都是 **巧言**☐☐ 之人，只會討好他，沒有一個真心輔助他。

⑤ 只要意見的理據充足，他就會採納，不會因對方的身份和學歷而 ☐☐**廢言**。

【大難不死】

「原來中了箭也不知道，真大意……」我們的大偵探對自己

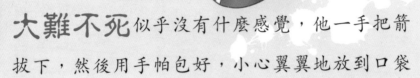

大難不死似乎沒有什麼感覺，他一手把箭拔下，然後用手帕包好，小心翼翼地放到口袋裏。(《大偵探福爾摩斯② 四個神秘的簽名》p.114)

三畫

遇到巨大災難也能脫險，沒有死掉。

以下四個成語全部缺了一個字，請從「知、貪、兵、公」中選出適合的字補上吧。

大☐無私	處事公正，沒有私心。
☐難而退	做事遇到困難，知道無法辦到便退下來。
按☐不動	暫時停止軍事行動，保持觀望，現比喻有任務卻不採取行動。
☐生怕死	貪戀生存，恐懼死亡，指為求活命而畏縮。

【大驚失色】

這時，他往下一看，不禁**大驚失色**。

那隻小船！那隻小船還在下面！

必須把小船處理掉！不然當船隻經過時看到了，自己就不能洗脫嫌疑了！

（《大偵探福爾摩斯M博士外傳④仇人見面》p.8）

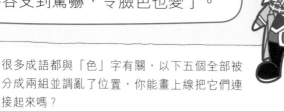

形容受到驚嚇，令臉色也變了。

三畫

很多成語都與「色」字有關，以下五個全部被分成兩組並調亂了位置，你能畫上線把它們連接起來嗎？

天姿	聲色	相形	察言	色厲
•	•	•	•	•
•	•	•	•	•
觀色	國色	犬馬	內荏	失色

【小心翼翼】

華生**小心翼翼**地穿過一條陰陰沉沉的橫街，走到一間名叫「金條煙館」的兩層式建築物前。據惠特尼太太說，這間煙館就是她丈夫常出沒的地方，但他以往都會即日回家，從未像今次這樣，去了兩天仍不見蹤影。（《大偵探福爾摩斯⑥乞丐與紳士》p.7）

形容舉止謹慎小心，一點也不敢疏忽。

以下成語都用上疊字，你懂得在空格上填上適當的疊字嗎？

□	□	如生	形容生動逼真，像真的一樣。
大名	□	□	形容人的名氣聲望很大。
□	□	善誘	指循序漸進教導別人學習。
天網	□	□	比喻壞人逃不過上天懲罰。

【山窮水盡】

「沒想到在 山窮水盡 的時候竟然飛來橫財，我的運氣實在太好了！」卡德坐在小酒吧的圓桌旁把弄着手中的鑽石，沾沾自喜地想道，「哈哈，幸好我沒告訴那個神甫，當時我只要及時跑上6樓看看，愛德蒙的老父可能就不必餓死了。但我沒那麼做，為甚麼呢？明明聽到樓上整天也沒有腳步聲，我本該上去看看的呀。這只是舉手之勞，我為甚麼沒上去呢？對了，我不喜歡多管閒事，人家是死是活，跟我無關啊。哈哈，我就是這種人，怎會自找麻煩。」《大偵探福爾摩斯M博士外傳② 復仇在我》p.45）

三畫

山和水都到了盡頭，比喻無路可走，陷入絕境。

與「山」或「水」字有關的成語很多，你懂得以下幾個嗎？

排山 □ □
形容力量巨大，來勢猛烈。

□ □ 歸 山
表示放走敵人，因而造成後患。

滴水 □ □
比喻只要有恆心，堅持不懈，自然會成功。

□ □ 秋水
形容深切的盼望。

【不以為然】

「竟然為一個廉價的拿破崙像搞出人命，實在……」華生搖頭歎息。

「哼！有什麼出奇。倫敦實在太多瘋子了，早前有人因為排隊買東西而打架，也搞出了人命呀！」李大猩對華生的看法**不以為然**。

(《大偵探福爾摩斯⑦ 六個拿破崙》p.43)

不認為是對的，即是表示不同意。

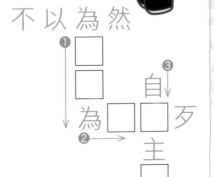

右面是一個以四字成語來玩的語尾接龍遊戲，大家懂得如何接上嗎？（請填上空格）

① 想做甚麼便做甚麼。

． ． ． ． ． ． ． ． ． ． ． ． ． ． ． ．

② 做盡種種壞事。

． ． ． ． ． ． ． ． ． ． ． ． ． ． ． ．

③ 沒得到有關方面同意，便擅自行動。

不 以 為 然

❶ □
　 □

為 ❷→ □ □ 歹

自 ❸↓

主 □

【不出所料】

不出所料，樓梯又響起了沉重的腳步聲。顯然，我們的金礦大王已折返了。

他踏進來時仍然氣勢十足，不過他那尊嚴已受到傷害的眼神卻難掩處於弱勢的怯懦，看來，他已決心坦白了。

（《大偵探福爾摩斯⑪ 魂斷雷神橋》p.53）

四畫

指事情發展在意料之中。

「不出所料」有好幾個反義成語，你懂得將下面分成兩組並調亂了位置的成語畫上線連接起來嗎？

攻其	出人	意料	出其
●	●	●	●
●	●	●	●
意表	不意	之外	不備

【不可思議】

「鹽？」華生聞言頗感詫異，蜜蜂是採蜜的，在蜂箱附近發現由蜂蜜凝結而成的糖還算合理，但鹽的存在就**不可思議**了。

福爾摩斯伸出舌頭舔了一下，說：「果然是鹽，味道是鹹的。」（《大偵探福爾摩斯㉑蜜蜂謀殺案》p.70）

四畫

本有神秘奧妙的意思，現多指難以想像，超乎常理。

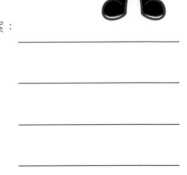

以下的字由四個四字成語分拆而成，每個成語都包含了「不可思議」的其中一個字，你懂得把它們還原嗎？

不 苦 從 止
名 可 辭 計
長 勞 思 而
適 顧 義 議

答案：
_____
_____
_____
_____

【不謀而合】

「太本事了！」探長大力誇獎，「竟然和我的想法**不謀而合**！沒錯，眼鏡應該是被兇手踩爛的！」

站長和老乘務員聽到探長這樣說，不禁面面相覷。看來，他們已覺得這個探長未免太過厚顏了。(《大偵探福爾摩斯M博士外傳②復仇在我》p.90)

> 未有事先商討，見解行為卻一致。

以下的字由四個四字成語分拆而成，每個成語都包含了「不謀而合」的其中一個字，你懂得把它們還原嗎？

不　深　下　　答案：

從　謀　老　善　_____

聯　算　珠　問　_____

擇　璧　而　恥　_____

合

_____

_____

【不翼而飛】

霍普神經質地撫摸了一下唇上的鬍子，坐立不安似的說：「幾天前首相把一封密函交給了我，為了保險起見，我把它帶回家中，鎖在睡房的一個木製公文箱中。我今早起床打開公文箱一看，那封密函竟然 **不翼而飛**，不知道跑到什麼地方去了。」（《大偵探福爾摩斯⑨ 密函失竊案》p.21）

（《大偵探福爾摩斯⑨ 密函失竊案》p.21）

> 沒有翅膀卻飛走了，比喻東西突然不見了。

以下成語的第一和第三個字都有「不～而～」，你懂得用「謀/合、勞/獲、辭/別、得/知」來完成以下句子嗎？

① 她不肯付出卻想 不☐而☐，坐享其成。

② 球賽還未結束，哪隊會取勝現在還 不☐而☐。

③ 對於戀人的 不☐而☐，她傷心得好一段日子仍鬱鬱不歡。

④ 他倆本處對立立場，但對這件事的看法卻 不☐而☐。

四畫

【不懷好意】

「對，剛才找到兩個酒杯的碎片，已證明有兩個人曾坐在一起喝酒。不用說，一個是布羅斯基，一個就是兇手。」桑代克說，「但兇手後來發現布羅斯基**不懷好意**後，就借故走到廚房去，撿起鐵枝向他襲擊。」（《大偵探福爾摩斯M博士外傳③ 第一滴血》p.8）

四
畫

心中充滿惡意，不存善念。

很多成語都有「不」字，你懂得以下幾個嗎？

□□不生	形容土地貧瘠，連小草也無法生長。
□□不絕	指人、馬等往來頻繁，沒有間斷。
不堪□□	不忍回顧過去的痛苦經歷。
不足□□	微不足道的事情，不值得一提，多用於自謙。

【五體投地】

紗布加上水桶把手，這麼輕易就把門閂拉開了，這個福爾摩斯實在太厲害了，李大猩嘴裏不說，其實已佩服得**五體投地**。（《大偵探福爾摩斯⑫ 智救李大猩》p.64）

本指佛教最虔誠的行禮方式，以雙膝、雙肘和額頭伏地行禮。現指對他人才能或品德表示敬佩。

很多成語都與「五」字有關，你懂得以下幾個嗎？

五花☐☐　原指古代兵法戰術陣勢變化多端，後來形容事物種類繁多，令人眼花繚亂。

五里☐☐　未能充分掌握情況而感到迷茫，猶如墮入雲霧中。

五味☐☐　甜酸苦辣鹹五種味道樣樣俱全。

☐☐五車　形容學識淵博的人，讀過的書可以裝滿五輛馬車。

【化險為夷】

更重要的是，在跟隨海盜們搶掠的過程中，他鍛煉出過人的膽識，就算陷入絕境也往往能**化險為夷**。月前，他看準機會跳船離開，並根據M先生所述，在一個無人小島的洞穴中找到了寶藏。（《大偵探福爾摩斯M博士外傳② 復仇在我》p.12）

> 化險阻為平地，比喻轉危為安。

以下的字由四個四字成語分拆而成，每個成語都包含了「化險為夷」的其中一個字，你懂得把它們還原嗎？

畫 春 化 鋌
走 險 而 思
雨 地 為 匪
牢 夷 所 風

答案：

_____

_____

_____

_____

【天真無邪】

小女兒聽不明白：「開心也會哭的嗎？麗莎不開心才會哭，開心只會笑啊。爸爸開心也要笑，不要哭啊。」霍納和妻子聽到小女兒這一番**天真無邪**的說話，三天來的憂愁也一掃而空，不禁哈哈大笑起來。（《大偵探福爾摩斯③ 肥鵝與藍寶石》p.110）

四畫

個性善良單純，心裏沒有邪惡的念頭。

以下四個成語全部缺了一個字，請從「矢、正、縫、價」中選出適合的字補上吧。

天衣無□	比喻事物完美無瑕，毫無破綻。
貨真□實	貨品質量非常好，價格亦公道。
無的放□	漫無目標地射箭，比喻說話和事都沒有明確目的。
改邪歸□	不再做壞事，並糾正錯誤行為，走回正途。

【心生一計】

唐泰斯**心生一計**，他故意把湯碗放在門口附近，等待獄警上鈎。果然，獄警一進來，就「噹啷」一聲把湯碗踏碎了。

（《大偵探福爾摩斯M博士外傳① 黑獄風雲》p.46）

心中忽然想到一個計策。

這裏有五個「心」字開頭的成語，但全部都分成兩組並調亂了位置，你能畫上線把它們連接起來嗎？

心不	心花	心悅	心灰	心安
●	●	●	●	●
●	●	●	●	●
怒放	理得	意冷	在焉	誠服

【心有餘悸】

「我越想越害怕，想起了一個朋友說過你是倫敦最出名的私家偵探，所以今天中午一抵達倫敦，馬上就趕來找你幫忙了。」史密斯小姐 心有餘悸 地說。

（《大偵探福爾摩斯⑩ 自行車怪客》p.45）

危機已過，但現在回想起來仍然感到害怕。

很多成語都與「心」字有關，以下五個全部被分成兩組並調亂了位置，你能畫上線把它們連接起來嗎？

赤膽	口直	見獵	匠心	心高
●	●	●	●	●
●	●	●	●	●
心喜	氣傲	忠心	心快	獨運

【手舞足蹈】

「甚麼？」李船長嚇了一跳，「不會是托德那隻小船吧？」

「哇哇哇，不得了！不得了！小船！小船！我要下去看看小船！」猩仔**手舞足蹈**地奔向樓梯。 （《大偵探福爾摩斯M博士外傳④ 仇人見面》p.65）

> 手腳亂舞，形容非常高興的樣子。

以下成語都跟手有關，你懂得用「無策、旁觀、棋逢、好閒、於人」來完成以下句子嗎？

① 這場乒乓球決賽，兩人實力相當，可謂 □□敵手，要分出勝負也不容易。

② 正當大家 束手□□ 的時候，他適時提出一個應對方法，及時化解危機。

③ 他事無大小都親自處理，從不 假手□□，是我們學習的榜樣。

④ 陷入財困的弟弟主動向我求助，我又豈能 袖手□□。

⑤ 哥哥畢業後，從未見他積極找工作，整天 遊手□□，躲在房間玩遊戲機。

【以退為進】

我估計無法擺脫他，就大着膽子**以退為進**，突然剎車停在路中間，看看他有什麼反應。實在太奇怪了，那人看見我剎車，也連忙把車剎停，在路中間和我遙遙相對，並沒有走近。

(《大偵探福爾摩斯⑩ 自行車怪客》p.43)

五畫

表面退讓，實則卻以此為手段，達到目的或獲取更多利益。

以下的字由四個四字成語分拆而成，每個成語都包含了「以退為進」的其中一個字，你懂得把它們還原嗎？

答案：

以三讒作
舍過賢傲
倀辞為害
尤虎避進

_____

_____

_____

_____

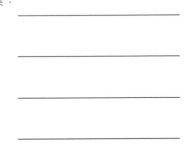

【以假亂真】

「我們現在看到的實物是彩色的，看起來當然覺得假，但銀幕上放映的是黑白片，只要鏡頭對準男女主角，不要拍到旁邊穿幫的地方，再加上拍攝時的光線和角度調校得好，就足可**以假亂真**了。」福爾摩斯説得頭頭是道。（《大偵探福爾摩斯㉔ 女明星謀殺案》p.64）

> 把假的東西和真的摻雜在一起，
> 企圖欺騙他人，蒙混過關。

五畫

以下成語的第二和第四個字都是相反意思的用字，你懂得用「首/尾、少/多、增/減、寒/暖、因/果」來完成以下句子嗎？

① 小明遇上車禍要住院一個月，同學們每天都輪流打電話對他噓□問□。

② 沒有自信的人，做事總是畏□畏□，難以勝任重要工作。

③ 只要弄清楚事情的前□後□，才能解決問題。

④ 隨着人口老化，本港的公共醫療開支只會有□無□。

⑤ 由今日起每日儲五元，積□成□，到了十二月就能買聖誕禮物送給媽媽。

【出奇制勝】

　　華生不敢出聲打擾，他猜測老搭檔正在盤算着怎樣對付那個強大的敵手——荷夫曼，一個位至少將、又身經百戰的人。從辛格報仇不成反而丟了性命就可知道，要對付這麼奸詐的人絕不容易。福爾摩斯必須想出一個令對方意想不到的辦法，才能**出奇制勝**，殺他一個措手不及。 (《大偵探福爾摩斯㉖ 米字旗殺人事件》p.116)

用意想不到的計策打敗敵人，取得勝利。

以下四個成語全部缺了一個字，請從「**敗、地、豔、章**」中選出適合的字補上吧。

出口成□	形容口才好的人，隨意説的話都能成為一篇文章。
爭奇鬥□	不同品種的花卉爭相展現最美的一面。
因□制宜	每個地方都有不同風俗文化，各地按照實際情況制訂相應措施。
反□為勝	處於劣勢的一方扭轉敗局，最終取得了勝利。

【半途而廢】

「有！我知道有。」老乘務員插嘴道，「離這裏約300碼遠的地方有一幢房子，有一條還沒建好的路經過那兒。本來，那條路是建給新開發的住宅區用的，但開發計劃難產後，路就**半途而廢**了。不過，從那裏有條小路可以通往車站。」(《大偵探福爾摩斯M博士外傳② 復仇在我》p.110)

指做事有始無終，做到一半就停止。

以下四個成語都缺了兩個字，你懂得用「革面、毛遂、故態、矯枉、有恃」來完成以下句子嗎？

① 他雖然為人正直，可做事總 ☐☐ 過正，反令大家困擾。

② 他曾經犯錯，但現在已 洗心 ☐☐，徹底悔改了。

③ 無論罵過他多少次，沒過多久他就會 ☐☐ 復萌。

④ 他們背後有權貴撐腰，做起壞事來當然 ☐☐ 無恐 了。

⑤ 他對自己很有信心，所以 ☐☐ 自薦 擔當此重任。

47

【四腳朝天】

「唔?」聖克萊爾夫人注意到床底下好像有什麼動靜，連忙俯身一看。

「哎呀！床下有人！」

李大猩聞言，一個箭步衝到床前，雙手抓着床邊用力一翻，「砰」的一聲，他把整張床翻個**四腳朝天**。（《大偵探福爾摩斯⑥乞丐與紳士》p.43）

五畫

以背向地下，仰面朝天的姿勢倒下；也可用來形容死亡。

杞人

昂首□天□行空

天
之
□
子

以上成語都有個「天」字，你能在空格上填上合適的字，完成這個「十」字形填字遊戲嗎？

【左右開弓】

　　那野豬**左右開弓**，一拳又一拳攻至，福爾摩斯上身左右搖晃，輕易就避開了攻擊。

　　「機會到！」福爾摩斯趁野豬右拳落空失去身位之際，迅即踏前佔據空位，掄起左拳直往那豬頭攻去。（《大偵探福爾摩斯⑩ 自行車怪客》p.80）

　　雙手都能拉弓射箭，現多指用兩手輪流或同時做某一動作。

以下的字由四個四字成語分拆而成，每個成語都包含了「左右開弓」的其中一個字，你懂得把它們還原嗎？

答案：

_____

_____

_____

_____

【甘心情願】

「呼哼哼哼……」那人冷笑道，「你終於明白了吧？沒錯，那三個倒霉的傢伙就是我的實驗品，在貧民窟中找這種人很容易，我只是付出三鎊的酬金，他們就**甘心情願**地當我的實驗品。」

(《大偵探福爾摩斯⑲ 瀕死的大偵探》p.94)

五畫

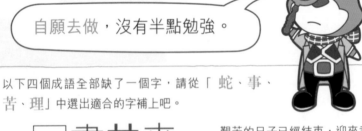

自願去做，沒有半點勉強。

以下四個成語全部缺了一個字，請從「蛇、事、苦、理」中選出適合的字補上吧。

□盡甘來	艱苦的日子已經結束，迎來幸福美滿的生活。
佛口□心	形容表裏不一的人，説話溫文有禮，但心腸陰險狠毒。
通情達□	説話和做事都合乎情理。
□與願違	事實與願望有明顯差異，比喻事情不按原來計劃或方向發展。

【交頭接耳】

「原來就是這個少年、

嗎？」福爾摩斯看來甚感興

趣，他扔開羅斯上校他們不管，逕自走向少

年，和少年**交頭接耳**地說了幾句後，又堆

着滿足的笑臉走回來。

（《大偵探福爾摩斯⑤ 銀星神駒失蹤案》p.83）

> 兩人靠得很近，嘴巴湊近耳邊低聲說話。

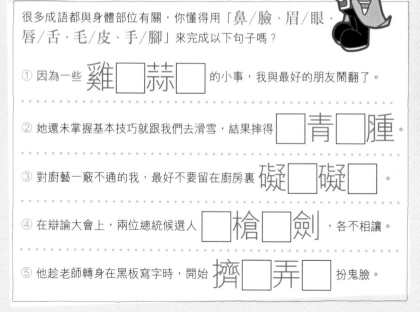

很多成語都與身體部位有關，你懂得用「鼻/臉、眉/眼、唇/舌、毛/皮、手/腳」來完成以下句子嗎？

① 因為一些 雞☐蒜☐ 的小事，我與最好的朋友鬧翻了。

② 她還未掌握基本技巧就跟我們去滑雪，結果摔得 ☐青☐腫。

③ 對廚藝一竅不通的我，最好不要留在廚房裏 礙☐礙☐ 。

④ 在辯論大會上，兩位總統候選人 ☐槍☐劍 ，各不相讓。

⑤ 他趁老師轉身在黑板寫字時，開始 擠☐弄☐ 扮鬼臉。

六畫

【光天化日】

「這次專找拿破崙麻煩的人倒沒有這麼瘋狂。不過，他的憎恨也非比尋常，為了向拿破崙泄憤，甚至在 **光天化日** 之下，闖入人家的店鋪，一手就砸爛拿破崙的塑像。更離譜的是，他還在夜裏悄悄地竄進兩間診所，把放在那裏的塑像也摔個粉碎。」狐格森説得繪影繪聲，彷彿他自己也在現場一樣。（《大偵探福爾摩斯⑦ 六個拿破崙》p.11）

「光天」指晴朗的天空，「化日」有陽光、白晝的意思。原指太平盛世，後來用來比喻毫不隱蔽的環境。

很多成語都與「日」字有關，以下五個全部被分成兩組並調亂了位置，你能畫上線把它們連接起來嗎？

日往	明日	逐日	繞樑	良辰
三日	吉日	月來	黃花	追風

【全神貫注】

漫長的等待雖然令人心焦，但唐泰斯連續吃了三天飯後，已回復了精力。他本來就沒事幹，除了吃飯之外，他無時無刻都把耳朵貼在牆上，**全神貫注**地留意牆壁後面的變化。

（《大偵探福爾摩斯M博士外傳① 黑獄風雲》p.42）

> 將心思和精神集中在某事物上。

與「神」字有關的成語很多，你懂得以下幾個嗎？

| 神通 | □ | □ | 形容本領高明、手段巧妙。 |

| 出神 | □ | □ | 形容技藝高超，到達絕妙的境界。 |

| □ | □ | 神工 | 形容技藝精巧，非一般人能做到。 |

| □ | □ | 會神 | 原意是集合眾人的智慧，現指精神集中、專心一致。 |

六畫

【如虎添翼】

唐泰斯待獄警走遠了，興奮得手舞足蹈地亂跳，又舉頭向天花板發出無聲的呼喊：「哇哈哈！天助我也！原來上天還沒有忘記我，竟讓那個傻瓜為我送來這麼一份大禮。有了這口平底鍋，我簡直就是**如虎添翼**啊！」

（《大偵探福爾摩斯M博士外傳① 黑獄風雲》p.49）

就像猛虎長出翅膀，比喻本已擁有優越的條件，現再得到助力，令力量更強大。

很多成語都與動物有關，以下四個成語都缺了一個字，試把「蛇、馬、兔、龍」四個字填在正確位置。

□首是瞻 　原指作戰時士卒看主將的馬頭行事，現指追隨某人行動。

羣□無首 　一羣人中缺乏領導人。

虎頭□尾 　開始時聲勢浩大，後來卻了無聲息，形容有始無終。

守株待□ 　指不懂變通，或者想不勞而獲。

【死不足惜】

「哼！你天生就懂得賺錢，一定很快變成富婆。」老店主語帶譏諷地說。

「難道唾手可得的東西也不順手牽羊嗎？對那種 **死不足惜** 的傢伙我絕不會客氣啊。」胖女人無情地說。

（《大偵探福爾摩斯 Side Story 聖誕奇譚》p.104）

指那人死了也不覺得婉惜。

「死不足惜」可以變出以下四個四字成語，你懂得填上那些空格嗎？

死□復□ 比喻停止的東西又重新活動起來。

□不忍□ 指令人不忍看下去的淒慘景象。

□□足道 形容人的力量或事物的價值很小，不值一提。

惺□□惜 指有才能的人互相欣賞。

55

【百密一疏】

「唔……還不敢肯定。不過，有一點可以肯定的是，兇手是在別的地方踩碎了金絲眼鏡。但他為了製造布羅斯基在這裏自殺的假象，就把踩爛了的眼鏡框和鏡片的碎片也帶來撒到路軌上。」桑代克分析道，「可是，兇手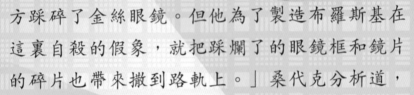百密一疏，在撿起鏡片的碎片時，連帶有花紋的玻璃碎片也混了進去。所以，兇案現場並不是這裏，而是另有地方。」《大偵探福爾摩斯M博士外傳②復仇在我》p.101）

在周密的計劃中出現了疏漏之處。

六畫

很多成語都與數目有關，以下五個成語全部被分成兩組並調亂了位置，你能畫上線把它們連接起來嗎？

一丘 •　　百家 •　　千嬌 •　　一目 •　　百口 •

十行 •　　之貉 •　　莫辯 •　　爭鳴 •　　百媚 •

56

【百無聊賴】

「等待？我已等待了很長時間，**百無聊賴**的囚禁生活已把我的意志消磨殆盡。我不能再等了。」

「嘿嘿嘿，**百無聊賴**嗎？怎會啊！」老人笑道，「你看我吧。我除了挖地道外，每天還要寫作做研究，忙得要命呢。」

（《大偵探福爾摩斯M博士外傳① 黑獄風雲》p.66）

> 形容無事可做，思想和感情沒有寄託。

以下的成語都跟心情有關，你懂得以下幾個嗎？

□□莫展	形容遇到麻煩，卻沒有任何解決辦法。
□□憂天	形容不必要或毫無根據的擔憂。
不知□□	形容慌亂不安，不知該如何應付。
處心□□	形容經過很長時間策劃，一般用於貶義。

六畫

【自吹自擂】

「嘻嘻嘻，我說過嘛，我膽子和力氣都很大，要制服壞人簡直易如反掌呢。」猩仔展示手瓜，得意地說。

「傻瓜！」老船長「咚」的一下，把煙斗敲在猩仔的頭上，罵道，「剛才差點就把俺嚇死了！還自吹自擂！」

（《大偵探福爾摩斯M博士外傳④ 仇人見面》p.94）

自我吹噓或炫耀能力，內容通常稍微誇大。

以下成語的第一和第三個字都有「自」字，你懂得用「由/在、給/足、私/利、怨/艾」來完成以下句子嗎？

① 不願付出卻想得到回報，像他這種 自☐自☐ 的人，沒有人願意與他合作。

② 她嚮往一個人 自☐自☐ 的生活，就算父母催婚，她還未有結婚的打算。

③ 自☐自☐ 是不能解決問題的，我們應該積極面對，一起想辦法補救。

④ 這家餐廳在天台設有農圃，種植不同蔬菜和香草，自☐自☐。

六畫

58

【行色匆匆】

街上，夜幕低垂。人們**行色匆匆**，但全都掛着笑臉趕着回家，準備與家人歡度平安夜。

「華生醫生，聖誕快樂！」一個路人走過時，興高采烈地與華生打了聲招呼。

（《大偵探福爾摩斯 Side Story 聖誕奇譚》p.3）

> 行色指出行的神態和情景。
> 形容出行時急急忙忙的樣子。

以下五個成語都有疊字，但全部都被分成兩組並調亂了位置，請畫上線把它們連接起來吧。

無所	風度	天網	羞人	風塵
●	●	●	●	●
●	●	●	●	●
答答	僕僕	翩翩	事事	恢恢

【別來無恙】

「冤家……？千萬別這麼說！好……好久不見了，你……你**別來無恙**吧？」唐格拉爾慌張得期期艾艾，「哈哈哈，君子不念舊惡嘛。費爾南，我們回復以往那樣，繼續做個好朋友吧。」

(《大偵探福爾摩斯M博士外傳③ 第一滴血》p.74)

分別以來平安順利，多用作問候語。

很多成語都與「無」字有關，你懂得以下幾個嗎？

無稽 □□	沒有根據的說法。
無所 □□	沒有工作，甚麼事都不做。
□□ 無猜	男孩女孩一起玩耍，沒有避嫌及猜疑。
□□ 無首	團體中沒有領導者。

七畫

【劫數難逃】

「可惡！怎麼不快點沉下去呀！快沉呀！」他內心焦急地呼喊，但小船像存心跟他作對似的，只是愈飄愈遠，但仍未下沉。他知道，要是霧氣完全散去，剛才那艘輪船看到小船又駛過來搶救的話，自己就**劫數難逃**了。他想到這裏，連忙掏出望遠鏡，心焦如焚地追蹤着小船的去向。（《大偵探福爾摩斯M博士外傳④ 仇人見面》p.13）

形容災難如同命中注定，無法逃避。

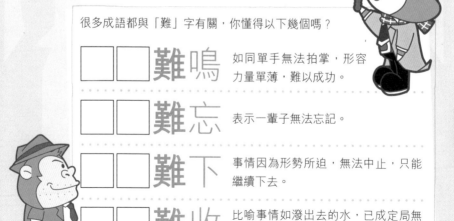

很多成語都與「難」字有關，你懂得以下幾個嗎？

		難鳴	如同單手無法拍掌，形容力量單薄，難以成功。
		難忘	表示一輩子無法忘記。
		難下	事情因為形勢所迫，無法中止，只能繼續下去。
		難收	比喻事情如潑出去的水，已成定局無法改變。

七畫

【坐不安席】

老人看也不看大偵探，大聲叫道：「阿鮑！送客！」

福爾摩斯再搶前一步，逼近老人說：「看來你一點同情心也沒有呢。當心啊，聖誕節的幽靈專門對付吝嗇鬼，叫你睡不安寧、**坐不安席**。」

「我不信甚麼幽靈！快給我滾！」老人下逐客令。（《大偵探福爾摩斯 Side Story 聖誕奇譚》p.13）

不能安穩地坐着。形容焦慮不安的樣子。

七畫

以下的成語包含「坐」和「席」兩個字，你可以在空格填上合適的字嗎？

① 泛指坐在地上。

② 座位不用雙重的席子，比喻生活貧乏節儉。

③ 把席割開，不再同坐。

【見義勇為】

「唔……神甫都樂於助人，或許他見到唐格拉爾可憐，就出手相助吧。可是，假扮蘇格蘭場法醫協助破案，對那個假扮者而言又有何好處呢？總不能以**見義勇為**來解釋吧？對！只有一個可能，就是報仇，那個桑代克是為了報仇！費爾南和唐格拉爾當水手時曾害死了不少人，有人找他們報仇絕不奇怪。沒錯，一定是這樣。」維勒福想到這裏，才鬆了一口氣。 （《大偵探福爾摩斯M博士外傳④仇人見面》p.106)

勇敢地去做正義的事。

與正義有關的成語很多，以下五個成語全部被分成兩組並調亂了位置，你能畫上線把它們連接起來嗎？

義不	抱打	大義	挺身	義憤
•	•	•	•	•
•	•	•	•	•
而出	凜然	填膺	容辭	不平

七畫

【車水馬龍】

不一刻，兩人已身處黃昏的倫敦。街上已亮了燈，但馬路上仍**車水馬龍**，人潮如鯽。看一看店鋪的裝飾就知道，這是聖誕時節。

精靈帶着老人來到了一家批發店的門前，問：「你認得這個地方嗎？」

「當然認得！這是我當見習生的地方！」老人興奮地答道。

（《大偵探福爾摩斯 Side Story 聖誕奇譚》p.50）

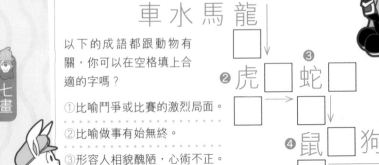

車馬絡繹不絕，如流水，似遊龍。
全句為「車如流水，馬如龍」。

車水馬龍

以下的成語都跟動物有關，你可以在空格填上合適的字嗎？

①比喻鬥爭或比賽的激烈局面。

②比喻做事有始無終。

③形容人相貌醜陋，心術不正。

④形容小偷小摸。

❶ 車水馬龍 ↓ □

❷ 虎 □ → □

❸ 蛇 □
□

❹ 鼠 □ 狗 □
□

【受寵若驚】

「不必客氣，你們是海上的守護人，船隻都靠你們指引方向啊。」神甫笑道，「好人嘛，一定會得到上天眷顧的。」

「你這麼說，真有點**受寵若驚**啊！叫我感到自己的工作好像突然變得很神聖呢。」傑弗利笑道，「但話說回來，你怎會坐上那艘運煤船的？」《大偵探福爾摩斯M博士外傳③ 第一滴血》p.55）

得到別人賞識，顯得又高興又不安。

很多成語都與「驚」字有關，你懂得以下幾個嗎？

驚世 ☐ ☐	言行與一般人不同，令人感到驚訝。
驚弓 ☐ ☐	曾受過驚嚇，導致稍有狀況就會變得害怕不安。
☐ ☐ 驚蛇	形容行事不夠周密，令對方察覺而有防備。
☐ ☐ 驚人	平常表現平庸，之後一下子表現突出，令人吃驚。

八畫

65

【和盤托出】

維勒福沉默地凝視着唐泰斯，這是他的慣用伎倆。他相信，沉默的無形壓力有時足以令人手足無措，甚至會令人主動把實情**和盤托出**。可是，唐泰斯的眼神太純粹了，完全不像在說謊。（《大偵探福爾摩斯M博士外傳①黑獄風雲》p.81）

比喻知無不言，全都説出來，毫不保留。

「和盤托出」可以變出以下四個四字成語，你懂得填上那些空格嗎？

和	☐	☐	同	與別人和睦相處，但不隨便附和。
☐	盤	狼	☐	形容吃喝之後飯桌凌亂的樣子。
沿	☐	托	☐	比喻人挨家挨戶乞討。
☐	☐	簡	出	指人常留在家中，甚少出門。

八畫

【居高臨下】

那個好久已沒有生火的壁爐，更燒着熊熊烈火，把整個房間都燒暖了。最令他驚異的是，地上堆滿了熱騰騰的山珍海味，一個巨人舉着火把坐在後面，居高臨下地看着他。（《大偵探福爾摩斯 Side Story 聖誕奇譚》p.66）

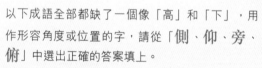

指佔據高處，俯視下方，也指佔據的地勢有利。

以下成語全部都缺了一個像「高」和「下」，用作形容角度或位置的字，請從「**側、仰、旁、俯**」中選出正確的答案填上。

□人鼻息	比喻要看他人的臉色行事。
□首聽命	形容人馴服順從的樣子。
□若無人	形容人態度傲慢，不把別人放在眼內。
□目而視	形容人帶着憤恨卻又懼怕地斜着眼睛看人。

八畫

【念念有詞】

兩天後，一份報告已放在他的桌上。

他看後更震驚不已。因為，報告上指唐泰斯的鄰居裁縫鼠卡德早前被控謀財害命，關鍵證據竟是幾顆刻着「M」字的鑽石！更令他驚異的是，裁縫鼠在被行刑前仍**念念有詞**地說，那些鑽石是一個意大利神甫送給他的。

(《大偵探福爾摩斯M博士外傳④ 仇人見面》p.110)

口中一直在默念，形容低聲自語的樣子。

包含疊字的成語很多，你懂得以下幾個嗎？

| □ | □ | 不休 | 形容話多的人，總是說個不停。 |

| □ | □ | 欲墜 | 搖晃得快要倒下，有危險的意思。 |

| □ | □ | 計較 | 過分在意一些無關重要的小事。 |

人心 □ □
形容內心惶恐不安。

文質 □ □
形容談吐或舉止斯文有禮。

八畫

68

【明察秋毫】

「不，檢察官是個好人，他肯定有調查，但不知道在哪兒出了岔子，我才被送到這個煉獄島來的。」

「是嗎？你的檢察官就算**明察秋毫**，也不可能對犯人特別好呀。你為何說他是個好人？」老人感到疑惑。

《大偵探福爾摩斯M博士外傳① 黑獄風雲》p.72）

「秋毫」指秋天時鳥獸新長出來的細毛，比喻有洞察力，能看到細微的地方。

以下的字由四個四字成語分拆而成，每個成語都包含了「明察秋毫」的其中一個字，你懂得把它們還原嗎？

察
橫 懸 二
明 老 鏡 行
言 無 致
氣 觀 嘩 高
秋

答案：

_____

_____

_____

_____

【易如反掌】

「我們要攀梯子上去，你行嗎？」桑代克向猩仔問道。

「小意思！」猩仔自賣自誇地說，「我是學校的攀樹冠軍，攀梯子簡直**易如反掌**，你擔心我爺爺吧，他年紀大腳步不穩啊。」

（《大偵探福爾摩斯M博士外傳④ 仇人見面》p.35）

比喻事情如翻轉手掌一樣，簡單就能做到。

很多成語都與身體部位有關，以下四個成語都缺了一個字，試把「臂、手、頭、足」四個字填在正確位置。

藏 ☐ 露尾	形容言行閃縮的樣子。
失之交 ☐	指擦肩而過，比喻錯失良機。
妙 ☐ 回春	形容醫術高明。
捶胸頓 ☐	形容悲痛、悔恨、懊喪的狀態。

八畫

【前功盡廢】

「傻瓜！」老人罵道，「殺人是要坐牢的，你那麼辛苦逃出去，豈不是**前功盡廢**？復仇有很多種方法，但首先還得裝備自己，不學無術是鬥不過陰險的檢察官的！明白嗎？」

（《大偵探福爾摩斯M博士外傳① 黑獄風雲》p.103）

過往的努力完全白費。

這裏有五個包含「功」字的成語，但全部都分成兩組並調亂了位置，你能畫上線把它們連接起來嗎？

急功	好大	汗馬	歌功	功敗
•	•	•	•	•
•	•	•	•	•
功勞	近利	垂成	喜功	頌德

【前塵往事】

「那麼，M先生，你進來之前是幹甚麼的？為甚麼被關到這裏來？」

「那些 **前塵往事** 不想細說了。」老人搖搖頭說，「我只能告訴你，我曾在大學裏教書，有過目不忘的能力，腦袋裏還記着幾千本書的內容。不過，現在卻被獄警們視作瘋子，真諷刺啊。」

（《大偵探福爾摩斯M博士外傳①黑獄風雲》p.64）

> 意指以前的舊事。

以下的成語都跟「事」字有關，你懂得用「寧人、賞心、願違、東窗、置身」來完成以下句子嗎？

① 保護環境，人人有責，沒有人能 □□ 事外。

② 能欣賞繁花盛放的美景，真是 □□ 樂事。

③ 他拼命溫習，希望能考上心儀的學校，可惜事與 □□。

④ 他以 息事 □□ 的態度來避免紛爭，卻無法解決問題。

⑤ 他一直擔心做過的壞事會 □□ 事發，最後在良心責備下自首。

72

【急不及待】

回到客廳後，猩仔馬上跑過來，**急不及待**地問道：「桑代克先生！你剛才拚命問煙斗的事，已問出了甚麼嗎？」

（《大偵探福爾摩斯M博士外傳④ 仇人見面》p.54）

情況危急得不能再等待，多用作形容焦急的心情。

不少成語用來形容人的心情，你懂得以下幾個嗎？

喜上□□　喜悅之情在眉宇間顯露。

□□怒放　心情如盛開的花朵般燦爛。

□□交集　既高興又難過，心情激動。

□□在背　細小的芒刺扎在背上，形容內心非常不安。

九畫

73

【若隱若現】

「鞋印？」站長和老乘務員都有點驚訝。

「沒錯，你們看，瓶身上有半個鞋印。」桑代克指着瓶子的中間說。

探長三人湊過去看，果然，瓶子上有個鞋印若隱若現。

(《大偵探福爾摩斯M博士外傳③ 第一滴血》p.10)

形容不清晰，時有時無。

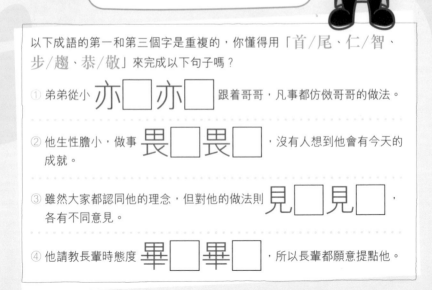

以下成語的第一和第三個字是重複的，你懂得用「首/尾、仁/智、步/趨、恭/敬」來完成以下句子嗎？

① 弟弟從小 亦□亦□ 跟着哥哥，凡事都仿傚哥哥的做法。

② 他生性膽小，做事 畏□畏□ ，沒有人想到他會有今天的成就。

③ 雖然大家都認同他的理念，但對他的做法則 見□見□ ，各有不同意見。

④ 他請教長輩時態度 畢□畢□ ，所以長輩都願意提點他。

【赴湯蹈火】

「不必客氣，嫂子雖然已被搶救過來，但仍要留院一段時間，必須得到最好的照顧才能完全康復。不過……」神甫欲言又止。

「不過？」哈利有點慌張地說，「神甫先生，我知道長貧難顧，但我求你送佛送到西！待內子康復後，就算**赴湯蹈火**，我也一定會報答你的！」（《大偵探福爾摩斯M博士外傳③ 第一滴血》p.41）

以湯和火比喻危險事物，意思是不畏危險，奮不顧身地做事。

以下的字由四個四字成語分拆而成，每個成語都包含了「赴湯蹈火」的其中一個字，你懂得把它們還原嗎？

答案：
_____
_____
_____
_____

赴 若 烽 天
前 湯 覆 後
固 孿 蹈 連
孿 金 重 火

【面如土色】

「別白費心機了，你我之外，這兒沒有別人。他乘運煤船走了。」

「只有……只有我們兩個嗎？」唐格拉爾霎時被嚇得**面如土色**，但仍強裝鎮靜地說，「那麼，下面那隻船怎辦？誰送回去？」

（《大偵探福爾摩斯M博士外傳③ 第一滴血》p.81）

形容受到驚嚇，臉色變得像泥土一樣。

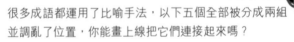

很多成語都運用了比喻手法，以下五個全部被分成兩組並調亂了位置，你能畫上線把它們連接起來嗎？

易如	一貧	歸心	如履	如膠
•	•	•	•	•
•	•	•	•	•
似箭	似漆	反掌	薄冰	如洗

【風平浪靜】

一宿無話，第二天起來，他整天幹這幹那的，完成了所有例行公事。之後，他待到黃昏漲潮的時刻又走出圍廊，用望遠鏡眺望着海面，看看有沒有海岸巡邏隊的船駛來。可是，海面風平浪靜，除了那個浮標之外，甚麼也沒有。（《大偵探福爾摩斯M博士外傳③ 第一滴血》p.58）

海面沒有風和浪，也可比喻作情勢平靜。

很多成語都與「風」有關，你懂得用「馬耳、使舵、化雨、易俗、無風」來完成以下句子嗎？

1. 他經常在朋友間 ☐☐ 起浪、挑撥離間，朋友知道後都與他絕交了。

2. 他推銷時 看風 ☐☐，面對不同人有不同的說辭。

3. 他在老師的 春風 ☐☐ 下，勤奮向學，終考上了有名的大學。

4. 無論別人說甚麼，他都是 ☐☐ 東風，毫不理會。

5. 要 移風 ☐☐，改變社會的不良風氣，必須花上數年，甚至數十年時間。

【乘風破浪】

在老船長的指揮下，幾個港務局的水手駕着汽艇乘風破浪，一直朝目的地的燈塔開去。

（《大偵探福爾摩斯M博士外傳④ 仇人見面》p.30）

乘着風浪前進。引申有不怕艱辛，勇往直前的意思。

以下的字由四個四字成語分拆而成，每個成語都包含了「乘風破浪」的其中一個字，你懂得把它們還原嗎？

乘 影 釜 舟
入 風 虛 狂
捕 蟲 破 而
捉 蜂 沉 浪

答案：
_____
_____
_____
_____

78

【乘勝追擊】

「我們缺監獄嗎？」老人沒頭沒腦地問。

「甚麼？」華生不明所以。

「我們缺濟貧院嗎？」

「甚麼？」華生仍然不明白。

「既然不缺監獄和濟貧院，把你口中所說的窮鬼全關進去不就行了？」老人**乘勝追擊**。

（《大偵探福爾摩斯 Side Story 聖誕奇譚》p.11）

趁着勝利，追擊敵人。
亦作乘勝逐北。

以下都是以「乘」開首的成語，你可以在空格填上合適的字嗎？

乘 ☐ ☐ 婿
形容稱心如意的女婿。

乘 ☐ 之 ☐
趁着別人陷於危難時去侵害或要脅。

乘風 ☐ ☐
比喻不畏艱險，奮勇前進。

乘 ☐ 跨 ☐
比喻男子求得佳偶，結成美好姻緣。

【家財萬貫】

「藏寶圖？」唐泰斯想起，老人常常自稱**家財萬貫**，在一處秘密的地方藏了很多財寶。不過，他從沒當這是真的，以為老人只是痴人說夢，難道這次也是夢囈？

(《大偵探福爾摩斯M博士外傳① 黑獄風雲》p.108)

> 形容家產極豐。

以下的成語都跟單位有關，你懂得用「更闌、千鈞、升斗、錙銖、一十」來完成以下句子嗎？

① 他不容別人欠他一分一毫，凡事 ☐☐ 必較。

② 就在 ☐☐ 一髮 之際，他推倒兇徒，把同伴救出來了。

③ 直到 漏盡 ☐☐ ，街上仍有未打烊的食店。

④ 請你把這件事 一五 ☐☐ 交代清楚，無謂讓大家猜疑。

⑤ 你又何必為了這 ☐☐ 之祿，弄得五勞七傷。

【狼吞虎嚥】

唐泰斯馬上拿過鐵盆子，**狼吞虎嚥**似的把飯菜扒進口中。他每次想到警察來敲門時都會渾身發熱，有時會亂拳打到牆上；有時會在囚室內亂蹦亂跳；有時就會像現在那樣，把飯菜硬塞進嘴巴中，否則無法平息內心的憤怒。

（《大偵探福爾摩斯M博士外傳① 黑獄風雲》p.31）

> 形容吃東西又快又急，像狼虎一樣。

以下的成語都跟飲食有關，你懂得用「嗟來、望梅、不化、甘來、杯盤」來完成以下句子嗎？

① 做事方法要與時並進，不能**食古**☐☐。

② 人們都很佩服他的骨氣，寧願挨餓也不接受☐☐**之食**。

③ 宴會過後，餐桌上☐☐**狼藉**，大家都玩得很盡興。

④ 他出國留學後，每次想家時，只能拿出家人的照片來☐☐**止渴**一下。

⑤ 媽媽辛苦了一輩子，現在兒孫滿堂，總算**苦盡**☐☐了。

【班門弄斧】

「這麼說來，你認為這是自殺了？」

「這個嘛……」被這麼一問，站長卻猶豫了，「我只是胡亂推測而已。」看來他意識到，在蘇格蘭場的專家面前，不應**班門弄斧**。（《大偵探福爾摩斯M博士外傳② 復仇在我》p.77）

> 比喻在專家面前賣弄本領，做事不自量力。

以下五個成語都缺了兩個字，你懂得用「趨炎、孤行、若谷、夜郎、磊落」來完成以下句子嗎？

① 他學習了不到一個月，就到處吹噓自己的本領，真 ☐☐ 自大。

② 儘管所有人都認為他的計劃不可行，但他仍然 一意 ☐☐。

③ 他做事 光明 ☐☐，所以深得大家信任。

④ 大家都稱讚他 虛懷 ☐☐，願意聽取其他人的意見。

⑤ 他身邊盡是 ☐☐ 附勢 的人，一旦他失勢，這些人必定會棄他而去。

【笑容可掬】

老人沒理會旁人那些噴噴稱奇的目光，他甚至看到在路邊撒尿的小狗和覓食的鴿子，也會點點頭，說聲「聖誕快樂」。

有些路人看到他，就主動向他喊了聲：「早安啊！聖誕快樂！」老人聽到了，簡直就像聽到了世上最美妙的天籟之聲，感到愉快無比。（《大偵探福爾摩斯 Side Story 聖誕奇譚》p.132）

掬意指雙手捧起。形容滿臉笑容，非常親切。

形容「喜怒哀樂」各種感情的成語有很多，以下就是部分例子，但它們全部都缺了兩個字，你能填上合適的文字嗎？

☐喜☐狂	形容高興到了極點。	
☐怒☐怨	上天憤怒，人民怨恨。形容為害深重，引起普遍不滿。	
☐哀☐變	節制悲哀，順應變化。多用作安慰別人喪親。	
☐樂☐窮	指某些事物或活動可帶來無窮樂趣。	

【笑逐顏開】

女房東數了數手中的紙幣，馬上**笑逐顏開**地說：「哎呀，先生說得對！左鄰右里該互相認識一下，打打招呼。」說完，她就領着唐泰斯，搖着圓圓的屁股踏上樓梯，氣喘吁吁地爬上了6樓。

（《大偵探福爾摩斯M博士外傳②復仇在我》p.15）

形容心中喜悅而眉開眼笑的樣子。

以下的成語都與「笑」有關，但全部分成兩組並調亂了位置，你能畫線把它們連接起來嗎？

笑容	貽笑	眉開	回眸	哄堂
●	●	●	●	●
●	●	●	●	●
眼笑	大笑	可掬	大方	一笑

【紋絲不動】

當精靈飄到老人的眼前時，他才發覺這個精靈長得很高，而且全身散發着一種令人不寒而慄的威嚴。不過，奇怪的是，精靈只是默默地站在他面前，不哼一聲，也紋絲不動。

（《大偵探福爾摩斯 Side Story 聖誕奇譚》p.95）

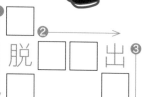

絲毫也不動的意思。

以下的成語都跟動作有關，你可以在空格填上合適的字嗎？

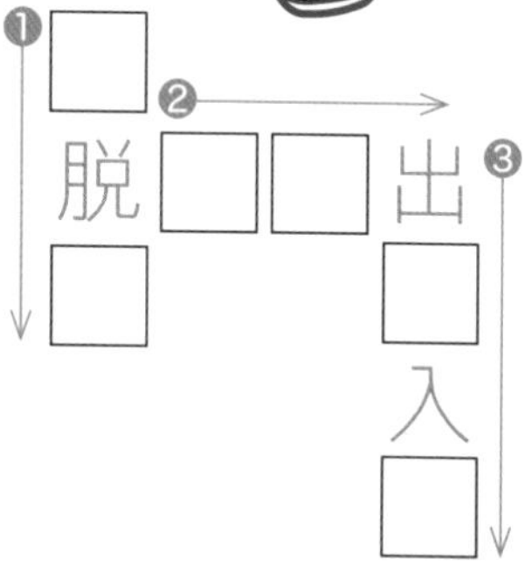

① 比喻行動像兔子般敏捷。

② 意指顯露全部本領，超越他人。

③ 冒生命危險，不顧安危。

紋絲不動

❶ □
❷ 脫 □ □ 出 ❸
□
入 □

【財迷心竅】

自己**財迷心竅**，糊裏糊塗地就跟着唐格拉爾下了毒手。

（《大偵探福爾摩斯M博士外傳③ 第一滴血》p.64）

因貪戀錢財而失去了理智。

與「心」有關的成語很多，以下五個全部被分成兩組並調亂了位置，你能畫上線把它們連接起來嗎？

利慾	居心	刻骨	心不	心猿
●	●	●	●	●

銘心	意馬	叵測	薰心	在焉
●	●	●	●	●

86

【高談闊論】

就像平日那樣，街上都是穿着高貴西裝的生意人。他們有些匆匆忙忙地路過，有些則站在路邊**高談闊論**。

精靈拉着老人，無聲無息地飛到三個正在侃侃而談的紳士頭上。

（《大偵探福爾摩斯 Side Story 聖誕奇譚》p.97）

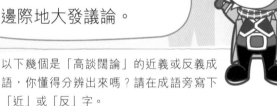

指人們無所拘束、不着邊際地大發議論。

以下幾個是「高談闊論」的近義或反義成語，你懂得分辨出來嗎？請在成語旁寫下「近」或「反」字。

侃侃而談☐	街談巷議☐
一言不發☐	議論紛紛☐
噤若寒蟬☐	沉默寡言☐
娓娓道來☐	守口如瓶☐

【斬釘截鐵】

「甚麼？你的意思是，托德曾上過這座燈塔？」史密斯錯愕萬分。

「沒錯！」桑代克**斬釘截鐵**地說，「而且，托德是被人用力一推，撞到欄杆上，然後才越過欄杆掉到海裏去的！」

(《大偵探福爾摩斯M博士外傳④ 仇人見面》p.71)

> 形容說話和處事都很果斷，
> 絕不拖泥帶水。

很多成語都與「鐵」字有關，以下五個全部被分成兩組並調亂了位置，你能畫上線把它們連接起來嗎？

鐵面 •	鐵畫 •	手無 •	削鐵 •	銅唇 •

• 鐵舌	• 如泥	• 無私	• 銀鈎	• 寸鐵

【脫胎換骨】

老人雖然哭得滿面淚痕，但他感到自己已**脫胎換骨**，渾身充滿了力量。這時，他還看到了那張床簾。他知道只要床簾仍在，證明自己真的沒有死去。本來那只是一張看慣了的破床簾，但現在在他眼中，就像一面充滿了希望的旗幟，會帶領他走向光明的未來。

（《大偵探福爾摩斯 Side Story 聖誕奇譚》p.122）

十一畫

原指修煉者得道後，脫凡胎為仙胎，換凡骨為仙骨。現用作比喻思想觀念徹底改變。

與「骨」相關的成語，多跟其他身體部位有關。以下四個成語都缺了一個字。試把「皮、心、肉、身」四個字填在正確位置。

銅□鐵骨	骨□相連
形容人或物體十分結實。	比喻關係極其密切，不可分離。
刻骨銘□	粉□碎骨
形容銘記在心，難以忘懷。	為達到目的不惜犧牲生命。

【惴惴不安】

「出了甚麼事嗎？」中年紳士走近人羣後，看到剛才那個老乘務員，於是向他問道。

「聽說離這裏半哩左右的路軌上，有一個男人被貨車撞了。」老乘務員**惴惴不安**地說。（《大偵探福爾摩斯M博士外傳② 復仇在我》p.72）

因擔心害怕而心神不寧。

包含疊字的成語很多，你懂得以下幾個嗎？

衣冠□□
形容衣飾整齊漂亮。

□□有條
形容處事條理分明。

議論□□
形容意見雜亂不一。

□□如生
形容形象生動逼真。

【無精打采】

福爾摩斯眼睛半張，**無精打采**地說：「沒有意義的談話，只會浪費大家的時間。你說不是嗎？」

(《大偵探福爾摩斯⑪ 魂斷雷神橋》p.48)

十二畫

形容精神不振，情緒低落。

以下的成語都跟「打」字有關，你懂得用「作揖、趁火、驚蛇、不平」來完成以下句子嗎？

① 我們還是先按兵不動，免得打草□□。

② 拜年時，人們相互打恭□□，說些吉祥話。

③ 他願意挺身而出，只為替無辜者抱打□□。

④ 在他的公司遇到困難時，你不但沒有伸出援手，還□□打劫，未免太卑鄙了。

【無關痛癢】

「這倒很難説，有時一些看來**無關痛癢**的事情，往往會成為破案的關鍵。」桑代克説，「因為，一件物件或一些瑣事的意義，有時要與其他證據連繫一起，才能顯現出來的。」

(《大偵探福爾摩斯M博士外傳③ 第一滴血》p.98)

對與自己利害沒有關係的事毫不在意。

以下的字由四個四字成語分拆而成，每個成語都包含了「無關痛癢」的其中一個字，你懂得把它們還原嗎？

息 相 無 撓
不 關 心 首
息 疾 痛 學
難 癢 心 術

答案：

_____

_____

_____

_____

【遍體鱗傷】

　　這時，他已被礁石上的藤壺刮得遍體鱗傷，也耗盡了體力。當他發覺已脫離險境後，本來繃緊的精神一放鬆，就昏了過去。不知道過了多少時間，一下劇痛令他突然從昏迷中驚醒過來。（《大偵探福爾摩斯M博士外傳② 復仇在我》p.8）

（《大偵探福爾摩斯M博士外傳② 復仇在我》p.8）

身上的傷痕像魚鱗般密，形容受傷很重。

「體」字常見於不同的四字成語，大家懂得以下幾個嗎？

體無□□	形容遍體都是傷。
□□體胖	形容人心懷坦蕩，無所牽掛，身體也會胖起來。
□體投□	比喻極之佩服。
衣□□體	形容生活貧苦。

十三畫

93

【慷慨解囊】

　　「沒看到嗎？這是著名的『斯克魯奇&馬利』財務公司呀。」福爾摩斯説，「它專放高利貸，老闆斯克魯奇和馬利都出名愛財如命，你休想在他們身上拔一條毛。」

　　「哎呀，就算平時吝嗇，明天是聖誕節呀，生意人一定會**慷慨解囊**的。」

（《大偵探福爾摩斯 Side Story 聖誕奇譚》p.6）

　　毫不吝惜地拿出財物。指豪爽大方地在經濟上幫助他人。

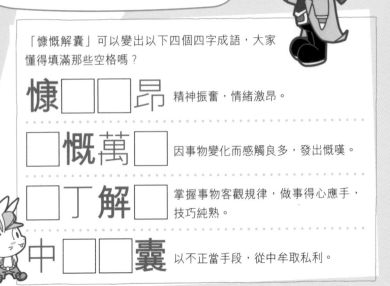

十四畫

　　「慷慨解囊」可以變出以下四個四字成語，大家懂得填滿那些空格嗎？

慷☐☐**昂**　精神振奮，情緒激昂。

☐**慨萬**☐　因事物變化而感觸良多，發出慨嘆。

☐**丁解**☐　掌握事物客觀規律，做事得心應手，技巧純熟。

中☐☐**囊**　以不正當手段，從中牟取私利。

【輕描淡寫】

「怎會不能？」監獄長輕描淡寫地説，「能住上這種『高貴』地方的，當然不是善男信女。他們的生命力特強，就像蟑螂一樣，不管環境如何惡劣，也絕不會受到影響。」

（《大偵探福爾摩斯M博士外傳① 黑獄風雲》p.6）

原指繪畫時，用淺淡的顏色來描繪。現多用來形容以簡單描述輕輕帶過。

這裏有五個包含「輕」字的成語，但全部都分成兩組並調亂了位置，你能畫上線把它們連接起來嗎？

駕輕	避重	舉足	掉以	輕而
輕心	易舉	就輕	輕重	就熟

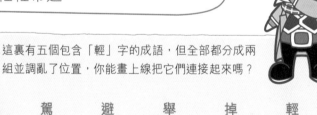

【輕舉妄動】

「豈有此理！」傑弗利出其不意地用力一蹬，轉瞬間已閃到猩仔身後，用臂彎箍着猩仔的脖子大叫，「不准**輕舉妄動**！沒錯，我認識托德，他出賣了我，我沒法不殺他！」

（《大偵探福爾摩斯M博士外傳④ 仇人見面》p.87）

未經思考或部署就輕率行動。

以下的字由四個四字成語分拆而成，每個成語都包含了「輕舉妄動」的其中一個字，你懂得把它們還原嗎？

答案：

輕 癡 脫 定
不 舉 如 淡
免 圍 妄 想
棋 心 雲 動

【瘦骨嶙峋】

這個精靈和先前

的兩個完全不同，

他全身隱藏在黑洞

洞的斗篷之內，只露出兩隻閃着寒光的眼睛，

和一隻**瘦骨嶙峋**的右手。

(《大偵探福爾摩斯 Side Story 聖誕奇譚》p.94)

形容人或動物過於瘦削而令骨頭凸出。

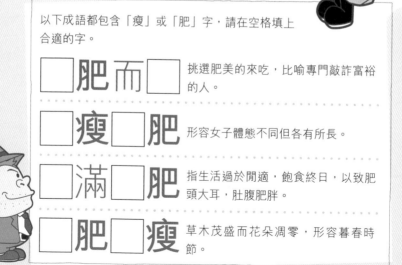

以下成語都包含「瘦」或「肥」字，請在空格填上
合適的字。

□肥而□　　挑選肥美的來吃，比喻專門敲詐富裕的人。

□瘦□肥　　形容女子體態不同但各有所長。

□滿□肥　　指生活過於閒適，飽食終日，以致肥頭大耳，肚腹肥胖。

□肥□瘦　　草木茂盛而花朵凋零，形容暮春時節。

十四畫

97

【奮筆疾書】

足足過了18分鐘30秒，阿鮑才躡手躡腳地走進來。他悄悄地脫下帽子和圍巾，屏息靜氣地坐到自己的椅子上，並馬上低下頭來在文件上**奮筆疾書**，就像要把遲到的時間追回來似的。

（《大偵探福爾摩斯 Side Story 聖誕奇譚》p.141）

提起筆急速書寫。

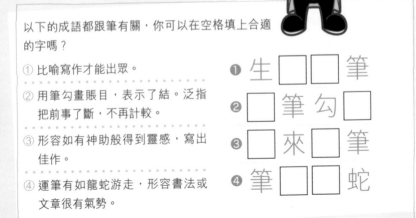

以下的成語都跟筆有關，你可以在空格填上合適的字嗎？

① 比喻寫作才能出眾。

② 用筆勾畫賬目，表示了結。泛指把前事了斷，不再計較。

③ 形容如有神助般得到靈感，寫出佳作。

④ 運筆有如龍蛇游走，形容書法或文章很有氣勢。

❶ 生 ☐ ☐ 筆

❷ ☐ 筆 勾 ☐

❸ ☐ 來 ☐ 筆

❹ 筆 ☐ ☐ 蛇

【踽踽獨行】

唐泰斯扔掉看完的報紙，在夜色中**踽踽獨行**。

報仇成功了，但他卻心若止水，沒掀起半點波瀾。

(《大偵探福爾摩斯M博士外傳③ 第一滴血》p.35)

無人結伴，孤獨地走着。

很多成語都與「行」字有關，你懂得以下幾個嗎？

行屍 □□	形容人就像沒有靈魂的屍體，毫無生氣。
倒行 □□	形容人做事違背常理。
□□ 行舟	後面多接「不進則退」，比喻做事有如逆水而上，不前進就會退步。
□□ 風行	形容行事迅速果斷，一般用於執行政令上。

【輾轉反側】

老人**輾轉反側**地想呀想，不知不覺間，牆上的掛鐘已響了三次。掛鐘每逢15分鐘就響一次，換句話說，自教堂的鐘聲報過12點後，已過了45分鐘。

(《大偵探福爾摩斯 Side Story 聖誕奇譚》p.38)

形容心事重重，躺在床上不能入睡。

以下四個成語都跟睡眠有關，但全部都被調亂了位置，你能把它們還原嗎？

柯惺鼾栩
南眼夢不
睡一卧起
如雷鬆

答案：
_____
_____
_____
_____

十七畫

100

【鍥而不捨】

「不！我不是瘋子！」老人反駁，「我是實話實說，並無虛言！」

「對了，你對這裏的伙食有甚麼意見嗎？」監查官轉換了話題。

「寶藏就藏在100哩外的一個地方，不信的話去找找看，只是100哩而已，不會費你許多時間。」老人**鍥而不捨**地說。

（《大偵探福爾摩斯M博士外傳① 黑獄風雲》p.22）

鍥指雕刻，捨指停止，所以本意是不停地雕刻。現比喻做事有恆心，堅持到底。

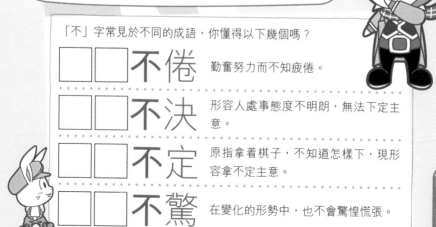

「不」字常見於不同的成語，你懂得以下幾個嗎？

		不倦	勤奮努力而不知疲倦。
		不決	形容人處事態度不明朗，無法下定主意。
		不定	原指拿着棋子，不知道怎樣下，現形容拿不定主意。
		不驚	在變化的形勢中，也不會驚惶慌張。

十七畫

【雞毛蒜皮】

「那是最值錢的東西了。」

他心中暗罵自己，「我這個人膽子實在太小了，犯下的都是些**雞毛蒜皮**的小罪，難怪發不了大財。」（《大偵探福爾摩斯M博士外傳② 復仇在我》p.58）

比喻無關重要，沒有價值的小事。

這裏有五個與動物有關的成語，但全部被分成兩組並調亂了位置，你能畫上線把它們連接起來嗎？

雞口	狐假	鶴立	獐頭	雞鳴
●	●	●	●	●
●	●	●	●	●
鼠目	狗盜	牛後	虎威	雞羣

【繩之以法】

「去阿姆斯特丹的船發生了故障，須要延遲三個小時才出發！」探長收到回覆後向桑代克說，「我已吩咐當地的手足守住碼頭，現在趕去的話，我們應該可以親手把他**繩之以法**。」

（《大偵探福爾摩斯M博士外傳③ 第一滴血》p.25）

以法律為約束，懲治犯罪。

與法律有關的成語很多，以下五個全部被分成兩組並調亂了位置，你能畫上線把它們連接起來嗎？

就地	奉公	逍遙	貪贓	約法
●	●	●	●	●
●	●	●	●	●
法外	三章	正法	守法	枉法

【爐火純青】

「嘿嘿嘿，裁縫鼠沒認出我就是昨天那個神甫呢。也難怪，我的易容術已**爐火純青**，一般人很難看出破綻。」唐泰斯踏着路軌旁的碎石，一邊走一邊細想，「那傢伙膽子也真大，竟敢混在人羣中看熱鬧，更沒想到的是，我派去的布羅斯基會死在他手上。這麼一來，就要借助警方的力量去報仇了。或許這是天意吧，當年他們也是利用司法機關把我打進黑牢。嘿嘿嘿，我就以其人之道還治其人之身，讓他也嘗嘗黑牢的滋味吧！不過，要警方信服，必須搜集到足夠的證據才行。」

(《大偵探福爾摩斯M博士外傳② 復仇在我》p.96)

本指道家煉丹時，爐火由紅色轉成青色，就代表成功。現指技術達到熟練精湛的境界。

很多成語都與火有關，你懂得以下幾個嗎？

□□撲火	□□觀火
比喻自己的行為導致滅亡。	比喻對別人的事漠不關心，袖手旁觀。
□□石火	□□救火
形容事情發生時間快速，轉瞬即逝。	比喻用了錯誤的方法，使災禍更嚴重。

二十畫

【鐵石心腸】

「嘿！你明白了吧？」巨靈冷冷地說，「只有**鐵石心腸**的人，才會說出這種話來。在上帝眼中，有成千上萬的人比你更有活着的價值，這個貧窮的小孩子就是其中一個。你想想吧，樹葉上的螻蟻又有何資格批評活在泥土裏的同類？」（《大偵探福爾摩斯 Side Story 聖誕奇譚》p.84）

> 形容人心腸硬得像鐵和石頭，不為感情所動。

「石」字常見於不同的成語，你能在空格填上合適的字嗎？

石沉￼￼	比喻從此沒有消息。
￼石￼金	比喻文章經修改後，即化腐朽為神奇。
水￼石￼	比喻事情真相大白。
￼如￼石	像石頭一樣堅固，比喻不可動搖。

105

【體無完膚】

老人看着小街童遠去的身影，不知怎的，感到心情非常愉快。他知道，要是在過去，那個小屁孩膽敢這麼囂張向他說話，他一定會大發雷霆，把他罵個**體無完膚**。可是，現在卻覺得這種對話充滿了樂趣，一點反感也沒有。（《大偵探福爾摩斯 Side Story 聖誕奇譚》p.128）

全身沒有完好的皮膚。形容渾身都是傷痕，也比喻被責罵得一無是處。

二十三畫

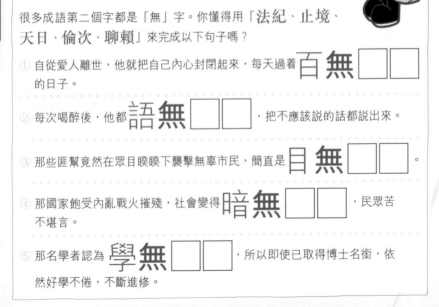

很多成語第二個字都是「無」字。你懂得用「**法紀、止境、天日、倫次、聊賴**」來完成以下句子嗎？

① 自從愛人離世，他就把自己內心封閉起來，每天過着**百無**☐☐的日子。

② 每次喝醉後，他都**語無**☐☐，把不應該說的話都說出來。

③ 那些匪幫竟然在眾目睽睽下襲擊無辜市民，簡直是**目無**☐☐。

④ 那國家飽受內亂戰火摧殘，社會變得**暗無**☐☐，民眾苦不堪言。

⑤ 那名學者認為**學無**☐☐，所以即使已取得博士名銜，依然好學不倦，不斷進修。

答案

一毛不拔萃出羣龍無首屈一指鹿為馬首是瞻

P.7

一目十行

捨本逐末

剛正不阿

經年累月

P.8

兩袖	風聲	風花	風餐	捕風
露宿	清風	捉影	雪月	鶴唳

P.9

① 籃球比賽進行得如火如荼，兩隊接連得分，互不相讓。

② 他多年來克勤克儉，終於儲到足夠錢，完成環遊世界的夢想。

③ 他想做出混合中西風格的作品，卻因能力不足，結果作品非驢非馬、不倫不類。

④ 他對你好只是假仁假義，要提防他另有所圖啊。

P.10

言聽計從

流言蜚語

仗義執言

金石良言

P.11

不堪一擊

乳臭未乾

別無二致

耳根清淨

P.12

一諾千金

視如草芥

異曲同工

婦人之仁

P.13

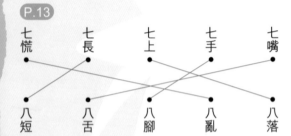

七慌	七長	七上	七手	七嘴
八短	八舌	八腳	八亂	八落

P.14

胼手胝足

蓬頭垢面

三頭六臂

洗心革面

P.15

①在宴會中，大家都打扮得花枝招展，她看看自己身上的粗布麻衣，不禁自慚形穢。

②他只會怨天尤人，從不會反省自己的錯誤。

③他雖然聰明，但自命不凡，過於自負，其他人都不願與他合作。

④他終於發表花了十多年才完成的研究報告，內容精彩得令人拍案叫絕。

⑤得到大家的讚賞，他高興得整天滿面春風。

P.16

與虎謀皮

投鼠忌器

管中窺豹

順手牽羊

P.17

旁若無人

燃眉之急

智勇雙全

寸草不生

P.18

笑裏藏刀

口蜜腹劍

華而不實

兩面三刀

P.19

力排眾議

目不暇給

擇善而從

沁人心脾

P.20

①他經過深思熟慮，終於想出一個兩全其美的解決方法。

②小明不理會旁人的說三道四，依然我行我素。

③派系之爭令這間公司四分五裂，最終倒閉。

④面對這件突發事件，她感到六神無主，彷徨無助。

P.21

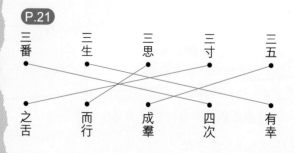

①在台下觀眾的千呼萬喚下，那位人氣歌手才緩緩踏上舞台。

②他走過千山萬水，跨越重重障礙，終於到達目的地。

③我們要與時並進，不斷吸收新知識，才能適應這個千變萬化的時代。

④他們看似並不熟絡，但其實有着千絲萬縷的關係。

雄心萬丈

百家爭鳴

首屈一指

千里迢迢

千辛萬苦

千言萬語

千叮萬囑

千真萬確

大刀闊斧

不同凡響

不拘小節

日新月異

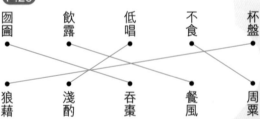

①他的文章言簡意賅，以簡單言辭就能説明事情始末，深得老師讚賞。

②他雖然已經畢業多年，但老師的話仍言猶在耳，印象深刻。

③他説起那件事時言之鑿鑿，當大家知道那只是虛構的，都嚇了一跳。

④他重用的都是巧言令色之人，只會討好他，沒有一個真心輔助他。

⑤只要意見的理據充足，他就會採納，不會因對方的身份和學歷而以人廢言。

P.29

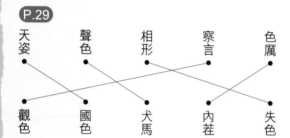

P.30

栩栩**如**生

大名**鼎鼎**

循循**善誘**

天網**恢恢**

P.31

排山倒海

放虎**歸**山

滴水穿石

望穿秋水

P.32

不以為然

所
欲 自
為 非作歹
主
張

P.33

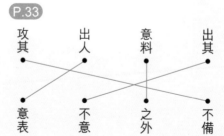

P.34

不辭勞苦

適可而止

顧名思義

從長計議

P.35

不恥下問

老謀深算

擇善而從

珠聯璧合

P.36

①她不肯付出卻想不勞而獲，坐享其成。

②球賽還未結束，哪隊會取勝現在還不得而知。

③對於戀人的不辭而別，她傷心得好一段日子仍鬱鬱不歡。

④他倆本處對立立場，但對這件事的看法卻不謀而合。

P.37

寸草不生

絡繹不絕

不堪回首

不足掛齒

P.38

五花八門

五里霧中

五味俱全

學富五車

P.39

春風化雨

鋌而走險

畫地為牢

匪夷所思

P.40

天衣無縫

貨真價實

無的放矢

改邪歸正

P.41

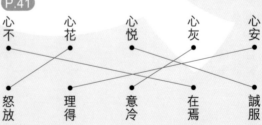

心不　　心花　　心悅　　心灰　　心安

怒放　　理得　　意冷　　在焉　　誠服

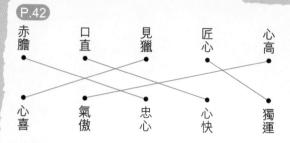

赤膽　口直　見獵　匠心　心高

心喜　氣傲　忠心　心快　獨運

①這場乒乓球決賽，兩人實力相當，可謂棋逢敵手，要分出勝負也不容易。

②正當大家束手無策的時候，他適時提出一個應對方法，及時化解危機。

③他事無大小都親自處理，從不假手於人，是我們學習的榜樣。

④陷入財困的弟弟主動向我求助，我又豈能袖手旁觀。

⑤哥哥畢業後，從未見他積極找工作，整天遊手好閒，躲在房間玩遊戲機。

以儆效尤

退避三舍

為虎作倀

進讒害賢

①小明遇上車禍要住院一個月，同學們每天都輪流打電話對他噓寒問暖。

②沒有自信的人，做事總是畏首畏尾，難以勝任重要工作。

③只要弄清楚事情的前因後果，才能解決問題。

④隨着人口老化，本港的公共醫療開支只會有增無減。

⑤由今日起每日儲五元，積少成多，到了十二月就能買聖誕禮物送給媽媽。

P.46

出口成章

爭奇鬥豔

因地制宜

反敗為勝

P.47

① 他雖然為人正直，可做事總矯枉過正，反令大家困擾。

② 他曾經犯錯，但現在已洗心革面，徹底悔改了。

③ 無論罵過他多少次，沒過多久他就會故態復萌。

④ 他們背後有權貴撐腰，做起壞事來當然有恃無恐了。

⑤ 他對自己很有信心，所以毛遂自薦擔當此重任。

P.48

昂 首 望 杞人憂天之驕子 馬 行 空

（昂首望天 ／ 天馬行空 ／ 杞人憂天 ／ 天之驕子）

P.49

旁門左道

無出其右

開卷有益

鳥盡弓藏

P.50

苦盡甘來

佛口蛇心

通情達理

事與願違

P.51

① 因為一些雞毛蒜皮的小事，我與最好的朋友鬧翻了。

② 她還未掌握基本技巧就跟我們去滑雪，結果摔得鼻青臉腫。

③ 對廚藝一竅不通的我，最好不要留在廚房裏礙手礙腳。

④ 在辯論大會上，兩位總統候選人唇槍舌劍，各不相讓。

⑤ 他趁老師轉身在黑板寫字時，開始擠眉弄眼扮鬼臉。

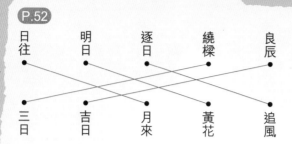

P.52

日往　明日　逐日　繞樑　良辰

三日　吉日　月來　黃花　追風

P.53

神**通**廣大

出**神**入化

鬼斧**神**工

聚精會**神**

P.54

馬首是瞻

羣龍無首

虎頭**蛇**尾

守株待**兔**

P.55

死灰**復**燃

慘**不**忍睹

微**不**足道

惺惺相**惜**

P.56

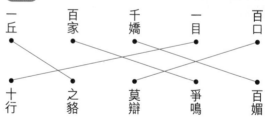

一丘　百家　千嬌　一目　百口

十行　之貉　莫辯　爭鳴　百媚

P.57

一**籌**莫展

杞人**憂**天

不知所**措**

處心積**慮**

P.58

① 不願付出卻想得到回報，像他這種自私自利的人，沒有人願意與他合作。

② 她嚮往一個人自由自在的生活，就算父母催婚，她還未有結婚的打算。

③ 自怨自艾是不能解決問題的，我們應該積極面對，一起想辦法補救。

④ 這家餐廳在天台設有農圃，種植不同蔬菜和香草，自給自足。

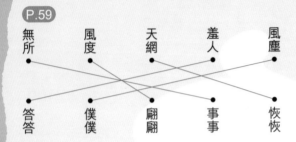

P.59

無所 ● 　　風度 ● 　　天網 ● 　　羞人 ● 　　風塵 ●

答答 ● 　　僕僕 ● 　　翩翩 ● 　　事事 ● 　　恢恢 ●

P.60

無稽之談

無所事事

兩小無猜

羣龍無首

P.61

孤掌難鳴

沒齒難忘

騎虎難下

覆水難收

P.62

①席地而坐

②坐不重席

③割席分坐

P.63

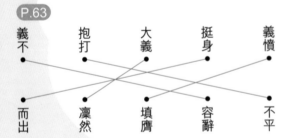

義不 ● 　　抱打 ● 　　大義 ● 　　挺身 ● 　　義憤 ●

而出 ● 　　凜然 ● 　　填膺 ● 　　容辭 ● 　　不平 ●

P.64

①龍爭虎鬥

②虎頭蛇尾

③蛇頭鼠目

④鼠竊狗偷

P.65

驚世駭俗

驚弓之鳥

打草驚蛇

一鳴驚人

P.66

和而不同

杯盤狼藉

沿門托缽

深居簡出

P.67

仰人鼻息

俯首聽命

旁若無人

側目而視

P.68

喋喋不休

搖搖欲墜

斤斤計較

人心惶惶

文質彬彬

P.69

明鏡高懸

察言觀行

老氣橫秋

毫無二致

P.70

藏頭露尾

失之交臂

妙手回春

捶胸頓足

P.71

| 急功 | 好大 | 汗馬 | 歌功 | 功敗 |

| 功勞 | 近利 | 垂成 | 喜功 | 頌德 |

P.72

①保護環境，人人有責，沒有人能置身事外。

②能欣賞繁花盛放的美景，真是賞心樂事。

③他拼命溫習，希望能考上心儀的學校，可惜事與願違。

④他以息事寧人的態度來避免紛爭，卻無法解決問題。

⑤他一直擔心做過的壞事會東窗事發，最後在良心責備下自首。

117

喜上眉梢

心花怒放

悲喜交集

芒刺在背

① 弟弟從小亦步亦趨跟着哥哥，凡事都仿傚哥哥的做法。

② 他生性膽小，做事畏首畏尾，沒有人想到他會有今天的成就。

③ 雖然大家都認同他的理念，但對他的做法則見仁見智，各有不同意見。

④ 他請教長輩時態度畢恭畢敬，所以長輩都願意提點他。

前赴後繼

固若金湯

重蹈覆轍

烽火連天

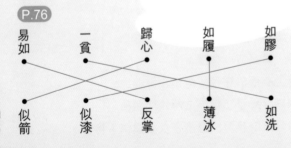

118

①他經常在朋友間無風起浪、挑撥離間，朋友知道後都與他絕交了。

②他推銷時看風使舵，面對不同人有不同的說辭。

③他在老師的春風化雨下，勤奮向學，終考上了有名的大學。

④無論別人說甚麼，他都是馬耳東風，毫不理會。

⑤要移風易俗，改變社會的不良風氣，必須花上數年，甚至數十年時間。

乘虛而入

捕風捉影

破釜沉舟

狂蜂浪蝶

乘龍快婿

乘人之危

乘風破浪

乘鸞跨鳳

①他不容別人欠他一分一毫，凡事錙銖必較。

②就在千鈞一髮之際，他推倒兇徒，把同伴救出來了。

③直到漏盡更闌，街上仍有未打烊的食店。

④請你把這件事一五一十交代清楚，無謂讓大家猜疑。

⑤你又何必為了這升斗之祿，弄得五勞七傷。

①做事方法要與時並進，不能食古不化。

②人們都佩服他的骨氣，寧願挨餓也不接受嗟來之食。

③宴會過後，餐桌上杯盤狼藉，大家都玩得很盡興。

④他出國留學後，每次想家時，只能拿出家人的照片來望梅止渴一下。

⑤媽媽辛苦了一輩子，現在兒孫滿堂，總算苦盡甘來了。

①他學習了不到一個月，就到處吹噓自己的本領，真夜郎自大。

②儘管所有人都認為他的計劃不可行，但他仍然一意孤行。

③他做事光明磊落，所以深得大家信任。

④大家都稱讚他虛懷若谷，願意聽取其他人的意見。

⑤他身邊盡是趨炎附勢的人，一旦他失勢，這些人必定會棄他而去。

歡喜若狂

天怒人怨

節哀順變

其樂無窮

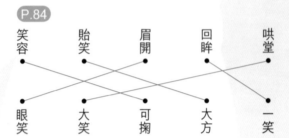

①動若脫兔

②脫穎而出

③出生入死

侃侃而談 近　　　街談巷議 近

一言不發 反　　　議論紛紛 近

噤若寒蟬 反　　　沉默寡言 反

娓娓道來 近　　　守口如瓶 反

P.88

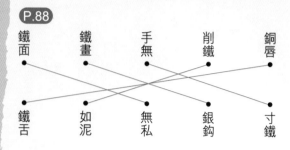

鐵面　　鐵畫　　手無　　削鐵　　銅唇

鐵舌　　如泥　　無私　　銀鉤　　寸鐵

P.89

銅皮鐵骨

骨肉相連

刻骨銘心

粉身碎骨

P.90

衣冠楚楚

井井有條

議論紛紛

栩栩如生

P.91

①我們還是先按兵不動，免得打草驚蛇。

②拜年時，人們相互打恭作揖，説些吉祥話。

③他願意挺身而出，只為替無辜者抱打不平。

④在他的公司遇到困難時，你不但沒有伸出援手，還趁火打劫，未免太卑鄙了。

P.92

不學無術

息息相關

痛心疾首

心癢難撓

P.93

體無完膚

心廣體胖

五體投地

衣不蔽體

P.94

慷慨激昂

感慨萬千

庖丁解牛

中飽私囊

P.95

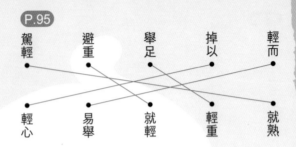

駕輕　避重　舉足　掉以　輕而

輕心　易舉　就輕　輕重　就熟

P.96

雲淡風輕

舉棋不定

癡心妄想

動如脫兔

P.97

擇肥而噬

燕瘦環肥

腦滿腸肥

綠肥紅瘦

P.98

① 生花妙筆

② 一筆勾銷

③ 神來之筆

④ 筆走龍蛇

P.99

行屍走肉

倒行逆施

逆水行舟

雷厲風行

P.100

睡眼惺忪

南柯一夢

臥榻不起

鼾聲如雷

P.101

孜孜不倦

猶疑不決

舉棋不定

處變不驚

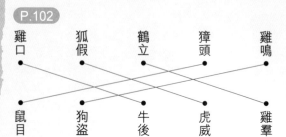

P.102

雞口　　狐假　　鶴立　　獐頭　　雞鳴

鼠目　　狗盜　　牛後　　虎威　　雞羣

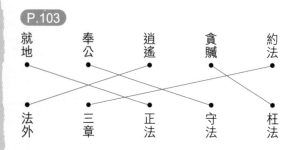

P.103

就地　　奉公　　逍遙　　貪贓　　約法

法外　　三章　　正法　　守法　　枉法

P.104	P.105
飛蛾撲火	石沉大海
電光石火	點石成金
隔岸觀火	水落石出
抱薪救火	堅如磐石

P.106

①自從愛人離世，他就把自己內心封閉起來，每天過着百無聊賴的日子。

②每次喝醉後，他都語無倫次，把不應該説的話都説出來。

③那些匪幫竟然在眾目睽睽下襲擊無辜市民，簡直是目無法紀。

④那國家飽受內亂戰火摧殘，社會變得暗無天日，民眾苦不堪言。

⑤那名學者認為學無止境，所以即使已取得博士名銜，依然好學不倦，不
　斷進修。

成語索引

一畫

一五一十⋯⋯⋯80
一毛不拔⋯⋯⋯ 6
一丘之貉⋯⋯⋯56
一本正經⋯⋯⋯ 7
一目十行⋯⋯7,56
一帆風順⋯⋯⋯ 8
一言不發⋯⋯⋯87
一板一眼⋯⋯⋯ 9
一派胡言⋯⋯⋯10
一乾二淨⋯⋯⋯11
一貧如洗⋯⋯⋯76
一筆勾銷⋯⋯⋯98
一視同仁⋯⋯⋯12
一意孤行⋯⋯⋯82
一鳴驚人⋯⋯⋯65
一諾千金⋯⋯⋯12
一籌莫展⋯⋯⋯57

二畫

七上八落⋯⋯⋯13
七手八腳⋯⋯⋯13
七長八短⋯⋯⋯13
七慌八亂⋯⋯⋯13
七零八落⋯⋯⋯13
七嘴八舌⋯⋯⋯13
了然於胸⋯⋯⋯14
人之常情⋯⋯⋯15
人心惶惶⋯⋯⋯68
人仰馬翻⋯⋯⋯16
人急智生⋯⋯⋯17
人面獸心⋯⋯⋯18
力不從心⋯⋯⋯19
力排眾議⋯⋯⋯19

三畫

三寸之舌⋯⋯⋯21
三五成羣⋯⋯⋯21
三生有幸⋯⋯⋯21
三言兩語⋯⋯⋯20
三思而行⋯⋯⋯21
三番四次⋯⋯⋯21
三緘其口⋯⋯⋯21
三頭六臂⋯⋯⋯14
千山萬水⋯⋯⋯22
千叮萬囑⋯⋯ 22,24
千言萬語⋯⋯⋯24
千辛萬苦⋯⋯⋯24
千里迢迢⋯⋯⋯23
千呼萬喚⋯⋯⋯22
千真萬確⋯⋯⋯24
千絲萬縷⋯⋯⋯22
千鈞一髮⋯⋯⋯80
千嬌百媚⋯⋯⋯56
千篇一律⋯⋯⋯23
千頭萬緒⋯⋯⋯24
千變萬化⋯⋯⋯22
口直心快⋯⋯⋯42
口蜜腹劍⋯⋯⋯18
大刀闊斧⋯⋯⋯25
大公無私⋯⋯⋯28
大同小異⋯⋯⋯25
大名鼎鼎⋯⋯⋯30
大快朵頤⋯⋯⋯26
大言不慚⋯⋯⋯27
大義凜然⋯⋯⋯63
大難不死⋯⋯⋯28
大驚失色⋯⋯⋯29
寸草不生⋯⋯ 17,37

小心翼翼⋯⋯⋯30
山窮水盡⋯⋯⋯31

四畫

不以為然⋯⋯⋯32
不出所料⋯⋯⋯33
不可思議⋯⋯⋯34
不同凡響⋯⋯⋯25
不足掛齒⋯⋯⋯37
不拘小節⋯⋯⋯25
不知所措⋯⋯⋯57
不食周粟⋯⋯⋯26
不恥下問⋯⋯⋯35
不得而知⋯⋯⋯36
不勞而獲⋯⋯⋯36
不堪一擊⋯⋯⋯11
不堪回首⋯⋯⋯37
不學無術⋯⋯⋯92
不謀而合⋯⋯ 35,36
不翼而飛⋯⋯⋯36
不懷好意⋯⋯⋯37
不辭而別⋯⋯⋯36
不辭勞苦⋯⋯⋯34
中飽私囊⋯⋯⋯94
五里霧中⋯⋯⋯38
五味俱全⋯⋯⋯38
五花八門⋯⋯⋯38
五體投地⋯⋯ 38,93
井井有條⋯⋯⋯90
六神無主⋯⋯⋯20
化險為夷⋯⋯⋯39
升斗之祿⋯⋯⋯80
反敗為勝⋯⋯⋯46
天之驕子⋯⋯⋯48
天衣無縫⋯⋯⋯40

天姿國色⋯⋯⋯29
天怒人怨⋯⋯⋯83
天真無邪⋯⋯⋯40
天馬行空⋯⋯⋯48
天網恢恢⋯⋯ 30,59
心不在焉⋯⋯ 41,86
心生一計⋯⋯⋯41
心安理得⋯⋯⋯41
心有餘悸⋯⋯⋯42
心灰意冷⋯⋯⋯41
心花怒放⋯⋯ 41,73
心悅誠服⋯⋯⋯41
心高氣傲⋯⋯⋯42
心猿意馬⋯⋯⋯86
心廣體胖⋯⋯⋯93
心癢難撓⋯⋯⋯92
手無寸鐵⋯⋯⋯88
手舞足蹈⋯⋯⋯43
文質彬彬⋯⋯⋯68
斤斤計較⋯⋯⋯68
日往月來⋯⋯⋯52
日新月異⋯⋯⋯25
毛遂自薦⋯⋯⋯47
水落石出⋯⋯⋯105

五畫

仗義執言⋯⋯⋯10
以人廢言⋯⋯⋯27
以退為進⋯⋯⋯44
以假亂真⋯⋯⋯45
以儆效尤⋯⋯⋯44
出人意表⋯⋯⋯33
出口成章⋯⋯⋯46
出生入死⋯⋯⋯85
出其不意⋯⋯⋯33

出奇制勝⋯⋯⋯46
出神入化⋯⋯⋯53
功敗垂成⋯⋯⋯71
半途而廢⋯⋯⋯47
四分五裂⋯⋯⋯20
四腳朝天⋯⋯⋯48
失之交臂⋯⋯⋯70
左右開弓⋯⋯⋯49
巧言令色⋯⋯⋯27
打恭作揖⋯⋯⋯91
打草驚蛇⋯⋯ 65,91
甘心情願⋯⋯⋯50
生花妙筆⋯⋯⋯98
目不暇給⋯⋯⋯19
目無法紀⋯⋯ 106
石沉大海⋯⋯ 105

六畫

交頭接耳⋯⋯⋯51
亦步亦趨⋯⋯⋯74
仰人鼻息⋯⋯⋯67
光天化日⋯⋯⋯52
光明磊落⋯⋯⋯82
全神貫注⋯⋯⋯53
匠心獨運⋯⋯⋯42
回眸一笑⋯⋯⋯84
因地制宜⋯⋯⋯46
好大喜功⋯⋯⋯71
如火如荼⋯⋯⋯ 9
如虎添翼⋯⋯⋯54
如履薄冰⋯⋯⋯76
如膠似漆⋯⋯⋯76
守口如瓶⋯⋯⋯87
守株待兔⋯⋯⋯54
有恃無恐⋯⋯⋯47

有增無減⋯⋯⋯45
死不足惜⋯⋯⋯55
死灰復燃⋯⋯⋯55
汗馬功勞⋯⋯⋯71
百口莫辯⋯⋯⋯56
百家爭鳴⋯⋯ 23,56
百密一疏⋯⋯⋯56
百無聊賴⋯⋯57,106
老氣橫秋⋯⋯⋯69
老謀深算⋯⋯⋯35
耳根清淨⋯⋯⋯11
自由自在⋯⋯⋯58
自作主張⋯⋯⋯32
自吹自擂⋯⋯⋯58
自私自利⋯⋯⋯58
自命不凡⋯⋯⋯15
自怨自艾⋯⋯⋯58
自給自足⋯⋯⋯58
自慚形穢⋯⋯⋯15
色厲內荏⋯⋯⋯29
行色匆匆⋯⋯⋯59
行屍走肉⋯⋯⋯99
衣不蔽體⋯⋯⋯93
衣冠楚楚⋯⋯⋯90

七畫

低唱淺酌⋯⋯⋯26
佛口蛇心⋯⋯⋯50
克勤克儉⋯⋯⋯ 9
別來無恙⋯⋯⋯60
別無二致⋯⋯⋯11
利慾薰心⋯⋯⋯86
劫數難逃⋯⋯⋯61
囫圇吞棗⋯⋯⋯26
坐不安席⋯⋯⋯62

坐不重席⋯⋯⋯62
妙手回春⋯⋯⋯70
孜孜不倦⋯⋯ 101
投鼠忌器⋯⋯⋯16
改邪歸正⋯⋯⋯40
攻其不備⋯⋯⋯33
杞人憂天⋯⋯ 48,57
束手無策⋯⋯⋯43
沁人心脾⋯⋯⋯19
沉默寡言⋯⋯⋯87
沒齒難忘⋯⋯⋯61
狂蜂浪蝶⋯⋯⋯78
良辰吉日⋯⋯⋯52
芒刺在背⋯⋯⋯73
見仁見智⋯⋯⋯74
見義勇為⋯⋯⋯63
見獵心喜⋯⋯⋯42
言之鑿鑿⋯⋯⋯27
言猶在耳⋯⋯⋯27
言簡意賅⋯⋯⋯27
言聽計從⋯⋯⋯10
赤膽忠心⋯⋯⋯42
車水馬龍⋯⋯⋯64

八畫

乳臭未乾⋯⋯⋯11
事與願違⋯⋯ 50,72
侃侃而談⋯⋯⋯87
兩小無猜⋯⋯⋯60
兩全其美⋯⋯⋯20
兩面三刀⋯⋯⋯18
兩袖清風⋯⋯⋯ 8
其樂無窮⋯⋯⋯83
刻骨銘心⋯⋯ 86,89
臥榻不起⋯⋯ 100

受寵若驚⋯⋯⋯65
和而不同⋯⋯⋯66
和盤托出⋯⋯⋯66
固若金湯⋯⋯⋯75
夜郎自大⋯⋯⋯82
奉公守法⋯⋯ 103
孤掌難鳴⋯⋯⋯61
居心叵測⋯⋯⋯86
居高臨下⋯⋯⋯67
庖丁解牛⋯⋯⋯94
念念有詞⋯⋯⋯68
抱打不平⋯⋯ 63,91
抱薪救火⋯⋯ 104
拍案叫絕⋯⋯⋯15
拔萃出羣⋯⋯⋯ 6
放虎歸山⋯⋯⋯31
昂首望天⋯⋯⋯48
明日黃花⋯⋯⋯52
明察秋毫⋯⋯⋯69
明鏡高懸⋯⋯⋯69
易如反掌⋯⋯ 70,76
杯盤狼藉⋯26,66,81
東窗事發⋯⋯⋯72
沿門托鉢⋯⋯⋯66
爭奇鬥豔⋯⋯⋯46
狐假虎威⋯⋯ 102
知難而退⋯⋯⋯28
虎頭蛇尾⋯⋯ 54,64
金石良言⋯⋯⋯10
非驢非馬⋯⋯⋯ 9

九畫

削鐵如泥⋯⋯⋯88
前仆後繼⋯⋯⋯75
前功盡廢⋯⋯⋯71

前因後果………45
前塵往事………72
南柯一夢………100
哄堂大笑………84
急不及待………73
急功近利………71
怨天尤人………15
指鹿為馬………6
按兵不動………28
故態復萌………47
春風化雨………39,77
洗心革面………14,47
為所欲為………32
為虎作倀………44
為非作歹………32
畏首畏尾………45,74
相形失色………29
眉開眼笑………84
看風使舵………77
約法三章………103
若隱若現………74
苦盡甘來………50,81
赴湯蹈火………75
重蹈覆轍………75
面如土色………76
風平浪靜………77
風花雪月………8
風度翩翩………59
風塵僕僕………59
風餐露宿………8
風聲鶴唳………8
飛蛾撲火………104
食古不化………81
首屈一指………6,23
神來之筆………98

神通廣大………53

十畫

流言蜚語………10
乘人之危………79
乘風破浪………78,79
乘勝追擊………79
乘虛而入………78
乘龍快婿………79
乘鸞跨鳳………79
俯首聽命………67
倒行逆施………99
剛正不阿………7
匪夷所思………39
娓娓道來………87
家財萬貫………80
席地而坐………62
息事寧人………72
息息相關………92
挺身而出………63
捕風捉影………8,78
旁門左道………49
旁若無人………17,67
栩栩如生………30,90
狼吞虎嚥………81
珠聯璧合………35
班門弄斧………82
破釜沉舟………78
笑容可掬………83,84
笑逐顏開………84
笑裏藏刀………18
粉身碎骨………89
紋絲不動………85
胼手胝足………14
財迷心竅………86

退避三舍………44
逆水行舟………99
馬耳東風………77
馬首是瞻………6,54
骨肉相連………89
高談闊論………87
鬼斧神工………53
袖手旁觀………43

十一畫

唇槍舌劍………51
假仁假義………9
假手於人………43
側目而視………67
動如脫兔………96
動若脫兔………85
堅如磐石………105
婦人之仁………12
從長計議………34
捨本逐末………7
掉以輕心………95
排山倒海………31
斬釘截鐵………88
望穿秋水………31
望梅止渴………81
毫無二致………69
深居簡出………66
烽火連天………75
畢恭畢敬………74
異曲同工………12
移風易俗………77
羞人答答………59
脫胎換骨………89
脫穎而出………85
處心積慮………57

處變不驚………101
蛇頭鼠目………64
貨真價實………40
貪生怕死………28
貪贓枉法………103
逍遙法外………103
逐日追風………52
通情達理………50
鳥盡弓藏………49
視如草芥………12

十二畫

割席分坐………62
喋喋不休………68
喜上眉梢………73
就地正法………103
循循善誘………30
悲喜交集………73
惴惴不安………90
惺惺相惜………55
捶胸頓足………70
智勇雙全………17
棋逢敵手………43
無出其右………49
無所事事………59,60
無的放矢………40
無風起浪………77
無精打采………91
無稽之談………60
無關痛癢………92
猶豫不決………101
畫地為牢………39
痛心疾首………92
筆走龍蛇………98
絡繹不絕………37

華而不實………18
虛懷若谷………82
街談巷議………87
貽笑大方………84
趁火打劫………91
進讒害賢………44
開卷有益………49
雄心萬丈………23
雲淡風輕………96
順手牽羊………16
飲露餐風………26

十三畫

嗟來之食………81
微不足道………55
意料之外………33
感慨萬千………94
搖搖欲墜………68
暗無天日……106
節哀順變………83
經年累月………7
置身事外………72
羣龍無首……6,54,60
義不容辭………63
義憤填膺………63
腦滿腸肥………97
遊手好閒………43
遍體鱗傷………93
隔岸觀火……104
雷厲風行………99
電光石火……104
鼠竊狗偷………64
與虎謀皮………16
癡心妄想………96

十四畫

察言觀色………29
察言觀行………69
慘不忍睹………55
慷慨解囊………94
慷慨激昂………94
歌功頌德………71
滴水穿石………31
滿面春風………15
漏盡更闌………80
獐頭鼠目……102
睡眼惺忪……100
管中窺豹………16
綠肥紅瘦………97
聚精會神………53
語無倫次……106
說三道四………20
輕而易舉………95
輕描淡寫………95
輕舉妄動………96
銅皮鐵骨………89
銅唇鐵齒………88
鼻青臉腫………51
瘦骨嶙峋………97

十五畫

噓寒問暖………45
蓬頭垢面………14
賞心樂事………72
適可而止………34
鋌而走險………39
駕輕就熟………95

十六畫

噤若寒蟬………87
奮筆疾書………98
學富五車………38
學無止境……106
擇肥而噬………97
擇善而從……19,35
燃眉之急………17
燕瘦環肥………97
積少成多………45
踽踽獨行………99
錙銖必較………80
龍爭虎鬥………64
舉足輕重………95
舉棋不定……96,101

十七畫

擠眉弄眼………51
矯枉過正………47
聲色犬馬………29
趨炎附勢………82
輾轉反側……100
避重就輕………95
鍥而不捨……101
點石成金……105
鼾聲如雷……100

十八畫

歸心似箭………76
繞樑三日………52
藏頭露尾………70
覆水難收………61
雞口牛後……102
雞毛蒜皮……51,102

雞鳴狗盜……102
騎虎難下………61

十九畫

礙手礙腳………51
繩之以法……103

二十畫

爐火純青……104
議論紛紛……87,90

二十一畫

鐵石心腸……105
鐵面無私………88
鐵畫銀鈎………88
顧名思義………34
鶴立雞羣……102

二十二畫

歡喜若狂………83

二十三畫

驚弓之鳥………65
驚世駭俗………65
體無完膚……93,106

大偵探福爾摩斯
四字成語101 ②

監修 / 厲河　　　繪畫 / 陳秉坤、月牙、余遠鍠
封面及內文設計 / 葉承志　　編輯 / 陳秉坤、郭天寶、蘇慧怡、黃淑儀

出版
匯識教育有限公司
香港柴灣祥利街9號祥利工業大廈2樓A室

承印
天虹印刷有限公司
香港九龍新蒲崗大有街26-28號3-4樓

發行
同德書報有限公司
九龍官塘大業街34號楊耀松（第五）工業大廈地下
電話：(852)3551 3388　　傳真：(852)3551 3300

第一次印刷發行
Text：©Lui Hok Cheung
© 2020 Rightman Publishing Ltd. All rights reserved.

2020年12月
翻印必究

ISBN:978-988-74720-5-6
港幣定價 HK$60
台幣定價 NT$270

若發現本書缺頁或破損，
請致電25158787與本社聯絡。

想看《大偵探福爾摩斯》的最新消息或發表你的意見，請登入以下facebook專頁網址。
www.facebook.com/great.holmes

網上選購方便快捷　購滿$100郵費全免
詳情請登網址 www.rightman.net